Le Noël
où j'ai appris
à m'aimer

Nadine Jockers

Le Noël où j'ai appris à m'aimer

BYNJ
EDITIONS

Rejoignez l'autrice sur

Facebook & Instagram :
@nadinejockers.autrice
Pinterest & TikTok : Bynj Editions

Ce livre est une fiction. Les noms, caractères, professions, lieux, évènements, outils thérapeutiques ou incidents sont les produits de l'imagination de l'autrice utilisés de manière fictive. Toute ressemblance avec des personnages réels, vivants ou morts, serait totalement fortuite. Les exercices proposés ne peuvent être effectués qu'après avis médical et sous la surveillance d'un thérapeute spécialisé.

www.bynjeditions.com

ISBN : 9791094799376
Dépôt légal : octobre 2023

Avez-vous pensé
à vous aimer
aujourd'hui ?

S'aimer est une tâche difficile
et avoir confiance en soi,
compliqué à acquérir.
Traitez-vous
avec la même gentillesse,
le même réconfort
que vous donneriez
à un(e) ami(e).

PLAYLIST

Yemaya Assessu – *Deva Premal*
Om Hraum Mitraya – *Deva Premal*
Om Mani Padme – *Veet Vichara & Premanjali*
Haseya - *Ajeet*
Om Asatoma - *Deva Premal*
Tara Mangalartha Mantra – *Indie Arie, Deva Premal*
Mandalam – *Nadaka*
Immortality – *Reema Datta*
Aad Guray Nameh – *Snatam Kaur*
Don't Stop Me Now – *Queen*
I gotta feeling - *Black Eyed Peas*

Cette playlist est disponible
sur Spotify sous le titre
« Le Noël où j'ai appris à m'aimer »

Découvrez également tout l'univers
de la création du plan aux fiches
personnages sur mon Pinterest
« BYNJ EDITIONS »

PROLOGUE

Dimanche 25 décembre

La lumière était tamisée par la neige qui recouvrait les réverbères devant la salle des fêtes qu'avaient louée mes parents. Je tenais le bras de Simon, l'empêchant de partir. Les flocons de neige continuaient à tomber et maculaient mon visage d'un blanc parfait, avant de se liquéfier sous la chaleur de mes joues. Je l'observai avec insistance, tentant de comprendre ce qui venait de se passer.

— Tu ne peux pas faire ça ! C'est Noël

et mon anniversaire.

Ma voix tremblait. Son regard était tendre, sa main caressait la mienne, m'offrant un soupçon d'espoir. Mais quelques instants plus tard, il la lâcha.

— Je suis désolé Barbara.

Les larmes dégoulinaient le long de mon visage. J'aurais souhaité mourir dans l'instant tant sa nouvelle venait d'écraser mon cœur d'une poigne ferme aux picots déchirants. Il essuya ma joue, et y déposa un dernier baiser avant de s'éloigner. Je le regardai partir sans pouvoir rien y changer.

Simon avait surgi dans ma vie à un moment où je m'enfonçais dans un trou noir béant qui ne demandait qu'à m'avaler. Il m'avait soutenue afin que je sorte ma tête de ce gouffre si sombre. Et à cet instant, c'est lui qui m'y jetait à nouveau sans même se retourner. Sans la moindre explication. Pourquoi avait-il pris une telle décision ? Quel était donc ce secret qui l'obligeait à fuir si loin de moi ?

CHAPITRE 1

Deux mois plus tôt, à quelques jours près
Jeudi 3 novembre

Neuf heures trente du matin et ma mère était déjà occupée à fouiller ma chambre de fond en comble pour me soustraire tout objet qui aurait une lame tranchante. Comme si ses recherches d'hier soir n'étaient pas suffisantes.

Au moment de quitter la pièce, elle conclut d'un ton sec :

— J'ai pris rendez-vous chez un nouveau thérapeute ce matin, et ce n'est pas négociable.

Elle passa la porte et prit le chemin vers la cuisine.

— Maman ! criai-je en lui emboitant le pas dans les escaliers dont le craquement augmentait mon agacement. J'ai passé toute l'année à consulter ton psy et tes thérapeutes, c'est bon là… De toute manière, ça ne sert à rien.

— Tu iras, un point c'est tout, rétorqua-t-elle en entrant dans la cuisine.

Je n'arrivai pas à y croire. Je m'arrêtai un instant sur la dernière marche, le poing appuyé contre le mur, ne demandant qu'à cogner ce fichu bloc de béton qui me séparait de ma mère, qui, une fois de plus, n'écoutait pas ce que je lui demandais.

Qu'on me laisse tranquille !

Pourquoi ne pouvait-elle pas comprendre qu'avec ce que j'avais dû supporter cette année, j'avais juste envie qu'on me foute la paix.

Mes pieds traînant sur les marches, je regagnai ma chambre d'un pas lourd. Mon lit douillet m'accueillit non sans grincer. Je m'engouffrai dans ma couette qui enveloppait mes formes généreuses, ressemblant davantage à ma saucisse alsacienne préférée, une knack bien installée dans son pain chaud. J'enfonçai mon visage dans mon coussin pour étouffer mes sanglots. Je ne voulais surtout pas qu'elle puisse m'entendre.

Alors que je pensais en avoir fini avec cette discussion, le son de ses pas se fit entendre. Elle allait de nouveau entrer et me prendre la tête.

La porte s'ouvrit sans même frapper. Elle fit irruption dans la pièce, délicatement, comme elle le faisait jusqu'à ce qu'elle ne me surprenne hier soir. Ma tête sortit de sa cachette humide. Sa silhouette se dessinait dans l'entrebâillement. Ses cheveux blond cendré montaient en un chignon désordonné sur le sommet de sa tête. Une chemise rose aux dentelles vaporeuses, tel un glaçage bien sucré, garnissaient l'ouvrage. Et sa jupe marron donnait l'impression d'un gâteau un peu trop cuit. Elle réveillait mon appétit.

— Qu'est-ce que tu veux ?

Son visage accusateur scrutait en ma direction.

— Je voulais juste être sûre que tu ne

recommences pas.

— Il me semble que tu m'as pris tout ce qui est coupant, alors tu veux que je fasse comment ?

Ses yeux devinrent sombres et se glacèrent de colère lorsqu'elle avait découvert mes cicatrices.

— Je ne veux plus jamais que ça arrive ma chérie. Je m'inquiète.

— Je le sais maman. Je t'ai promis que cela n'arriverait plus, je ne sais même pas pourquoi j'ai fait ça.

J'avais du mal à soutenir son regard. La blesser par mes actes n'était pas ce que je souhaitais, mais c'était plus fort que moi. Cette pression, ce manque d'air, d'espace était trop difficile à supporter.

Elle s'assit à côté de moi. Son visage s'était détendu, mais ses yeux humides me firent de la peine.

— Je sais que ce que tu as dû vivre a été terrible, et à ton âge, on ne devrait pas être confronté à cela. Mais tu es forte, la Bibi d'avant va bientôt refaire surface, tu as juste besoin que l'on t'aide à surmonter ça.

Je comprenais très bien ce qu'elle voulait dire, mais je ne m'en sentais pas encore capable.

— C'est ce qu'elle aurait aimé. Ta joie de vivre, ton humour qu'elle adorait tant, ton sourire si communicatif. Jamais elle n'aurait aimé te voir dans cet état, à te goinfrer toute la journée, la nuit… et encore pire, te scarifier l'avant-bras.

Je m'approchais d'elle pour me blottir dans ses bras, tentant d'empêcher les larmes de sortir.

— Tu as le droit de pleurer mon cœur, ça te ferait du bien.

Ses larmes coulaient le long de ses joues me mouillant par la même occasion. Mon cœur se comprima comme si une force obscure l'écraser contre mon diaphragme pour m'empêcher de respirer normalement. Un glapissement étouffé surgit du fond de ma gorge. C'était tout ce dont j'étais capable d'exprimer devant une autre personne. Je n'aimais pas montrer mes émotions. Leur montrer ma vulnérabilité ? Je ne pouvais pas. J'avais dû me montrer si forte pour Émilie. Ajouter ma souffrance à la sienne n'aurait fait qu'alourdir ce qu'elle devait supporter. Elle avait besoin de moi pour la soutenir.

Le souffle court, j'essuyai mes joues et me levai pour mieux inspirer. J'en profitai pour m'évader de cet espace bien trop émotif pour moi. Ma mère me regardait me diriger vers la porte.

— Où est-ce que tu vas ?

— Je descends, j'ai faim.

Elle se précipita derrière moi.

— Barbara, ce n'est pas non plus la nourriture qui va t'aider à soigner ton chagrin.

— J'ai juste faim maman, n'en fais pas toute une histoire à chaque fois.

Je descendis les marches à grands pas, et entrai dans la cuisine. À peine avais-je pu ouvrir le frigo pour voir ce qui s'y trouvait, que ma mère le referma devant moi.

— Dis donc, t'es plus rapide que ce que je pensais pour ton âge, la charriai-je.

— Barbara.

— Allez, laisse-moi au moins prendre mon dessert préféré.

— Tu dois arrêter de grignoter, tu sais que ce n'est pas bon pour ta santé.

— Bien sûr que je le sais, tu me l'as suffisamment répété.

Un long soupir s'échappa de ma poitrine, débloquant la machine. Il semblerait que mon souffle soit revenu à la normale après avoir aperçu un délicieux millefeuille qui n'attendait que moi pour être savouré.

Elle grommela, tout en me laissant rouvrir mon frigo adoré. J'attrapai mon millefeuille et m'installai à la table de bar de la cuisine. Je l'avais bien mérité.

— Tu sais ce que le psychiatre a dit, tu dois te faire accompagner. Surtout si tu refuses de prendre les antidépresseurs.

— Les anxiolytiques m'aident suffisamment pour calmer mes crises d'angoisse, je n'ai pas besoin de quelque chose de plus fort.

— C'est pour ça que tu t'es scarifiée le poignet hier soir ?

— Je ne sais même pas pourquoi je l'ai fait, j'avais juste besoin de me faire mal pour voir si cela pouvait me calmer… Depuis ce qui est arrivé à Émilie, tout est devenu si difficile. Je n'arrête pas de voir son visage, la façon dont elle a souffert. Rien que d'y penser j'en ai mal au cœur.

Je respirai un grand coup, j'arrachai la

première bouchée de ma pâtisserie préférée, et la bouche encore pleine, j'enchaînai :

— J'en ai marre d'entendre toujours les mêmes conneries. Comme si tout allait se résoudre d'un claquement de doigts juste parce qu'on me dit que ça finira par passer. La douleur va diminuer avec le temps… Ils ne font même pas gaffe à mes crises d'angoisse, la seule chose qui les intéresse c'est de me faire prendre leurs foutus médicaments. Comme si cela ne suffisait pas à me retourner le cerveau !

Ma mère soupira avant de me répondre :

— C'est pour ça que je t'ai pris rendez-vous avec ce thérapeute. Ce sera plus facile que toute seule.

Debout derrière ma chaise, elle me passait ses bras autour de ma taille, du moins, elle essayait. Elle faisait une tête de moins que moi et j'étais assise sur une chaise haute. Ses petits bras arrivaient à peine jusqu'à ma taille. Taille qui n'existait presque plus depuis quelque temps. Comme elle aimait me le répéter, la gourmandise est un vilain défaut. Elle n'avait pas tort, à force de grignoter, j'avais pris tellement de kilos cette année que je me reconnaissais à peine dans le miroir.

— Allez ma chérie, dis oui, insista-t-elle.

— Ok, ok maman. Mais plus de psychiatre ou cette psychothérapeute qui parlait avec sa voix horrible et encore plus stressante que mon psy.

— Je sais, c'est Meredith qui m'a conseillé ce thérapeute. Apparemment, sa technique fonctionne bien. Tu peux toujours essayer.

— Si ça peut te rassurer.

Elle me souriait, et moi je me fis plaisir en engloutissant le restant de mon millefeuille.

— Il faudra descendre en ville, à Mutzig. J'ai pris rendez-vous pour ce samedi, comme tu n'as pas cours.

— Très bien, acquiesçai-je pour lui faire plaisir.

J'exprimais la réponse qu'elle attendait, mais je n'y croyais pas vraiment. Quelle technique pourrait m'aider à me sentir mieux ? Devoir encore expliquer pourquoi je ne suis pas bien, être obligée de répondre à un tas de questions pour essayer de comprendre ce qui ne va pas dans mon mode de fonctionnement… Rien que d'y penser j'avais envie de vomir. Comme si j'avais encore envie de ressasser pourquoi je n'arrive pas à tourner la page après ce qui est arrivé à Émilie. Expliquer ce qui se passe en moi lorsque je fais une crise d'angoisse. J'ai juste envie d'enfoncer ma tête dans mon oreiller, de me blottir dans ma couette et que l'on m'oublie le temps de passer l'hiver. Oui c'est ça, je voudrais juste être un gros nounours qui hiberne dans sa caverne. Seule.

CHAPITRE 2

Samedi 5 novembre

Mon réveil sonnait depuis quelques minutes, mais l'envie de me lever n'était carrément pas là. Mes paupières lourdes et collantes n'avaient aucune envie de se soulever. Elles étaient bien au chaud, la tête sous ma couette toute douce.

— Barbara, il est huit heures, cria ma mère d'en bas.

Merde, je n'ai pas cours ce matin, je veux juste dormir. Je suis bien là, et j'ai pas fait de bêtise depuis des jours.

Ma mère hurla d'un peu plus près cette

fois-ci, elle s'était rapprochée de l'escalier. Au cas où je ne l'aurais pas entendu, certainement. Comment pourrais-je ne pas entendre sa voix qui porte tellement loin ? J'étais sûre que tous les voisins l'avaient entendue et devaient rouspéter d'un réveil aussi matinal alors que c'était le week-end. Les deux seuls jours de la semaine où l'on pouvait faire la grasse matinée.

Sans se faire attendre, elle monta jusqu'à ma chambre et frappa à la porte avant de l'ouvrir, ce qui m'horripila.

— Barbara, c'est l'heure.

— Je sais, je ne suis pas sourde.

— Allez ma puce, dépêche-toi sinon on va être en retard.

La tête dans le guidon, je roulai sur le côté et me levai de tout mon poids de ce lit si douillet. Assise, je l'entendis redescendre et l'idée de me recoucher ne tarda pas à ricocher dans mon cerveau encore tout mou. *Allez, je me prends encore quelques minutes ?*

— Barbara.

Merde.

Mes cheveux roux, tout froissés d'une nouvelle nuit agitée, sentaient bon les cookies. Mmh les cookies au chocolat de mémé. M'enivrer de leurs senteurs me donna suffisamment de courage pour me lever. Le petit-déjeuner devait m'attendre dans la cuisine.

— Barbara.

— Oh c'est bon, je suis debout !

Le silence.

J'attrapai mes vêtements de la veille, traversai notre exigu couloir et entrai dans la salle de bain, en face de ma chambre. La pièce me semblait devenir de plus en plus petite au fil des mois.

Mes affaires posées sur la baignoire, je passai mes mains sous un jet d'eau froide pour me laver le visage. Je m'essuyai et me regardai furtivement dans le miroir. Mon visage s'était tant arrondi que je ne supportais plus mon image. La seule chose qui me venait en tête chaque matin était : « *Comme je suis moche.* »

Quelques minutes plus tard, ma mère m'attendait devant l'entrée, déjà prête à partir.

— Ah, quand même… tu sais qu'on a de la route à faire ?

— Je sais.

Elle sortit ma veste du placard. Mes bottes étaient déjà posée en bas de l'escalier.

— J'ai pas encore pris mon petit-déjeuner.

— Tu n'avais qu'à être à l'heure.

Je plongeai mes pieds dans les bottes, sautillai pour tirer la fermeture, et ma mère m'aida à mettre mon épais manteau d'hiver noir.

— Tu t'es encore levée cette nuit.

— Je sais, j'ai senti l'odeur dans mes cheveux.

— Va falloir que j'installe une serrure sur la porte de la cuisine.

— Bien sûr … tu sais que je sais où sont les outils, et même si je suis somnambule, je suis certaine que je vais réussir à trouver un tournevis pour ouvrir la porte du frigo. Tu ne voudrais quand même pas que je prenne le risque d'avaler un outil au passage, hein ?

À regarder son expression, cela ne la faisait pas rire.

— Allez, faut qu'on y aille.

Tandis que je montais dans la petite 107 rose de ma mère, je regardai la maison d'Émilie, un peu plus loin sur le chemin. Et je pensai à cette année infernale. À tout ce que j'avais dû affronter. C'était si peu comparé à ce qu'elle avait dû endurer. Ma meilleure amie, ma si chère sœur de cœur.

— Arrête de stresser, lança ma mère tout en démarrant.

— Je ne stresse pas, on passe devant la maison d'Émilie. Je pensais juste à elle.

Un soupir sonore s'ensuivit, c'était devenu tellement habituel de sa part depuis cet évènement. Nous connaissions Émilie depuis toujours, elle était comme ma sœur. Et pour ma mère, comme son enfant, elle qui rêvait d'avoir toute une équipe de foot. Malheureusement la vie en avait décidé autrement. Elle avait déjà eu beaucoup de chance de réussir à tomber enceinte une fois. J'étais son petit miracle comme elle aimait me le rappeler. Émilie était le second, nous étions toujours fourrées ensemble. Ce qui arrangeait bien sa mère, déjà très occupée avec sa grande sœur qu'elle emmenait à tous les concours de beauté du coin, en plus de son besoin de faire le tour du village pour connaître tous les petits secrets des alentours, allant jusqu'à Mutzig pour assouvir sa soif. Vive les marchés de village.

Le sujet « Émilie » était devenu trop douloureux pour nous deux. Elle devrait pourtant comprendre ce que je ressentais. Comment pouvait-elle encore m'obliger à consulter ?

La suite de la route se fit dans le silence. Aucune de nous n'avait envie d'en reparler. Lorsque nous arrivâmes à Mutzig, petite ville située sur la route des vins, je fus émerveillée de voir mes premières décorations de Noël de l'année, j'avais oublié à quel point cette saison était ma préférée. Les employés de la ville terminaient l'installation des illuminations le long de la route principale qui traversait la ville. Le jour était complètement levé, les lumières n'étaient donc pas allumées, mais cela n'empêchait pas de me rappeler ce que cela allait donner. Chaque année il y avait les mêmes décorations. Mais peu importe, le rendu final sera magnifique à regarder pour tout être adorant autant les fêtes de Noël que moi. Les vitrines commençaient à arborer des décorations festives aux notes blanches, rose des bois et dorées. C'était juste magnifique.

— Nous sommes arrivées, annonça ma mère.

Elle s'arrêta sur le parking enneigé, à l'arrière d'un immeuble de quelques étages. Je tournai les yeux vers ce petit bâtiment dont les grandes baies vitrées du rez-de-chaussée m'interpellèrent. Il n'y avait pas une seule décoration, uniquement un long voile violet pastel dissimulant l'intérieur. Comme s'il y avait quelque chose à cacher.

Ça promet.

— C'est là ma puce. L'entrée de son cabinet est de l'autre côté. Là, c'est l'accès à la salle de yoga. Tu veux que je t'accompagne et on fera les courses ensemble après ?

— Non, rétorquai-je d'un ton sec.

Il n'était pas question qu'elle vienne avec moi, elle en avait déjà fait suffisamment.

— Ça va, je suis assez grande.

À peine étais-je descendue de voiture que ma mère s'en allait. Je pensai qu'elle surveillerait mon entrée dans le bâtiment, mais non. L’envie de me barrer fut grande, mais bon, ce thérapeute finirait par appeler ma mère, et cette fois-ci, c’est sûr, elle me renverrait chez le psy.

Alors la motivation guida mes pas.

CHAPITRE 3

Dix minutes après

Assise sur le muret du rebord de la fenêtre, j'y avais une vue sur la rue principale et les quelques passants qui regardaient davantage le sol ou leurs smartphones que devant eux. Un grand soupir me parcourut. J'avais hâte que ce rendez-vous se termine : encore une heure à perdre alors que mon lit m'attendait à la maison.

Je me trouvais dans une grande salle d'attente aux murs violet très clair. Des chaises en bois usés avaient déjà bien servi. J'imaginai toutes ces personnes qui étaient passées par ici afin de raconter leurs petites histoires dans l'espoir de trouver réconfort et solutions à leurs problèmes. Si seulement cela était aussi facile. Jusqu'à présent, pas un seul des médecins que j'avais rencontrés n'avait vraiment cherché à comprendre d'où venaient mes crises d'angoisses, et pourquoi je ne pensais qu'à manger. La seule chose qui les intéressait était que je prenne leurs médicaments. Même si cela m'avait effectivement aidée à calmer mes crises d'angoisses, cela n'avait pas résolu le problème. Elles continuaient à venir sans aucune raison, même lorsque j'allais bien. Est-ce qu'un jour je réussirais à aller mieux ?

D'ici, je pouvais observer le ciel gris de ce mois de novembre. Ma poitrine se serrait contre ma colonne vertébrale à la vue de ce ciel voilé par la pénombre d'un orage qui s'annonçait. Un avertissement d'un rendez-vous qui allait encore mal se passer ?

Respire.

C'est ce que mon dernier thérapeute ne cessait de me dire dès que mon cœur s'emballait et que j'avais du mal à respirer lors de nos séances d'hypnose. Me détendre était devenu impossible et mes crises d'angoisse avaient pris le dessus. J'avais beau pratiquer le yoga ashtanga depuis mon adolescence, les pranayamas, et les techniques respiratoires yogiques, rien ne parvenait à me calmer lors d'une crise. Mon esprit s'embrouillait, les murs se rapprochaient et le plafond voulait m'écraser au sol. Une horreur. Parfois, je voulais juste que l'on m'endorme d'une piqure pour que tout s'arrête. Et que je puisse rejoindre mon amie.

La foudre gronda et quelques secondes après, un éclair illumina la pièce.

Respire, c'est bientôt fini.

Mon lit, je veux juste rentrer me coucher.

Le cliquetis d'une poignée de porte qui s'abaisse m'expulsa de mes pensées. La porte du cabinet s'ouvrait sur une nouvelle heure à perdre. Je ne me donnai même pas la peine de jeter un œil à la personne qui venait de sortir de cette pièce accompagnée de son patient.

Dans un léger soupir, je fermai les yeux et repris mon souffle pour prendre mon courage à deux mains. Il le fallait bien, je l'avais promis à ma mère. Le son claquant de chaussures neuves m'annonçait que deux personnes se dirigeaient à l'opposé de l'espace où j'attendais. L'une d'elles prononça « à la semaine prochaine » tout en refermant la porte d'entrée du cabinet. Le timbre de sa voix se réverbéra à travers tout mon corps, me serrant le cœur un bref instant. Un son profond, velouté, enrobé de chaleur. Curieuse, je finis par tourner les yeux vers la silhouette qui venait d'entrer dans la salle d'attente. C'était bien ma chance : il s'agissait d'un homme. J'aurais largement préféré une femme. Qui de mieux qu'une femme pour comprendre ce que je traversais.

— Mademoiselle Muller ?

Une silhouette longiligne de dandy, un visage à la peau hâlée et piqué de deux yeux d'un bleu azur perçant et profond m'observait à quelques pas. Nos regards se croisèrent. Mes mains se mirent à trembler et je tentai de les cacher en les enfonçant dans le gras de mes cuisses. Cet homme possédait une élégance naturelle bien au-dessus du commun des mortels. Un enthousiasme me submergea, c'était mauvais signe. *Merde, ça commence bien.*

— Oui.

À cet instant, je détestai ma voix. Elle était devenue si fragile, alors qu'habituellement elle était haute et intelligible. Il parait que ma voix vaut un déplacement au bar karaoké du coin. Je tenais ça de ma mère.

— Bonjour, suivez-moi.

Il portait un costume trois-pièces et une chemise blanche déboutonnée sur ses deux premiers boutons. Certainement un fan de la série *Mentalist* et de son personnage Simon Baker. Faut dire que cet homme a ce petit quelque chose qui lui donne un charme fou, tout comme l'acteur.

Il m'accompagna d'un geste jusqu'à son cabinet, et me montra où m'asseoir ; une confortable chaise au coloris jaune poussin pâlichon dont le dossier rembourré accueillit mon imposante personne avec un léger couinement.

— Je crois que votre chaise n'apprécie pas trop mon poids.

Ouf, petite réplique, histoire qu'il ne s'imagine pas que j'ai eu un incident sur sa chaise.

— Ne vous en faites pas, j'ai l'habitude, ce sont de vieilles chaises. Depuis que je suis là, je n'ai jamais pris le temps de refaire la déco.

J'examinai ce type, le temps qu'il s'installe à son tour derrière son bureau en bois massif datant de je ne sais quelle époque. Ses larges épaules, la dimension de ses biceps qui étiraient les manches de sa chemise, ses mains qu'il posait sur son bureau… Il était beau, j'étais bien obligée de l'admettre. Cela allait compliquer nos séances. Comment pourrais-je avouer mes faiblesses devant un tel homme ? Nous n'avions pas encore discuté que cela m'agaçait déjà. Je me sentais trop mal à l'aise.

Il me regardait sans jugement, d'un regard tout doux. Il haussa légèrement le menton, pencha la tête vers moi, et se présenta.

— Je suis Simon Beyer.

Non sans rire, elle est bonne celle-là. Voilà pourquoi il se la joue à la Simon Baker, il doit être fan. Il m'observa comme s'il avait lu dans mes pensées. Le rouge me monta aux joues. Et il enchaîna :

— Je suis coach de vie et facilitateur en respiration consciente transformatrice. Est-ce que vous connaissez ?

Bien évidemment que non.

— Non.

— Votre mère m'a un peu expliqué ce qui vous amène à moi. Elle m'a parlé de la disparition de votre meilleure amie, et comment cela vous a affecté.

Ça commence bien.

Mes mains continuaient à trembler, bien que je me sois assise dessus. Lorsque nos regards se croisaient, je ne pouvais que chercher la fuite, scrutant chaque élément de son cabinet. En même temps, je ne pouvais m'empêcher de remarquer à quel point il était beau. Comme je ne lui répondais pas, il enchaîna son discours :

— Je vais me présenter et vous expliquer ma méthode. J'exerce ici depuis deux années. J'ai souhaité me spécialiser dans la gestion du stress et des angoisses par le biais de plusieurs méthodes telles que le yoga, la respiration consciente connectée également connue sous le nom de *breathwork*.

Son téléphone sonna et la bonne

humeur sur son visage disparut. Il regarda l'écran qui affichait le numéro et appuya sur le bouton off. Un court silence s'ensuivit.

— Je suis navré, j'ai oublié de couper la sonnerie. Je disais donc que j'ai étudié d'autres formations comme la sophrologie. Je voyage assez souvent pour continuer d'apprendre et améliorer ma propre technique. J'espère que cela vous rassure un peu quant à mes champs d'action.

Son regard me fixa, vérifiant mon écoute, puis il se détourna légèrement pour prendre une pochette de laquelle il sortit un dossier vert sur lequel était inscrit mon nom « Barbara Muller ».

— Votre mère m'a remis ce dossier, il vient de votre médecin traitant. Ce sont les résultats des différents spécialistes que vous avez consultés suite à vos problèmes de prise de poids, et la synthèse de votre psychiatre quant à vos crises d'angoisse.

Ma respiration s'accéléra, mes joues devinrent pourpres, tout mon corps commençait à souffrir de la chaleur qui m'envahissait. Une crise d'angoisse se préparait.

Remarquant mon état de fébrilité, il se

leva et ouvrit la fenêtre. À côté de lui, il y avait une tablette sur laquelle il prit un verre et le remplit d'eau plate. Il s'approcha et me tendit la boisson.

— Tenez, cela devrait vous aider à calmer votre stress.

Sa peau toucha délicatement la mienne. Je le dévisageai un court instant. Un sourire se dessinait sur ses lèvres. Une note de douceur émanait de lui. Son sourire semblait m'apporter un réconfort auquel je ne m'attendais pas.

J'avalai mon eau gorgée par gorgée, tel qu'on me l'avait conseillé lors d'une crise. Cette fraîcheur adoucit ma gorge, mon corps. Je tentai de calmer ma respiration en inspirant et en expirant plus profondément, tout en tentant de relâcher les tensions dans mes épaules.

— Est-ce que cela va mieux ?

— Ça va passer, j'ai l'habitude maintenant.

— Très bien.

Il retourna s'asseoir en face de moi, son réconfortant sourire toujours présent.

— Je ne veux surtout pas que vous soyez stressée en venant me voir. L'objectif est de trouver des exercices qui vont vous permettre de libérer les tensions que vous avez accumulées au cours des derniers mois, et de vous libérer de ces charges émotionnelles qui peuvent être la cause de vos crises d'angoisse et de votre besoin de manger pour vous sentir mieux.

Je hochai la tête. Ce qu'il m'annonçait-là était déjà bien mieux que ce que j'avais connu jusqu'à aujourd'hui.

— Nous allons y aller en douceur. Mon rôle est de vous aider à débroussailler pas mal de choses en lien avec votre enfance, votre adolescence et ce qui vous est arrivé plus récemment. Ce qui est important pour comprendre certains blocages ou traumatismes qui ont pu créer ces crises d'angoisses et ce besoin de vous faire du mal.

Je secouai à nouveau la tête, me raclant la gorge. Ça y est, on y est, le moment des questionnements.

— Des spécialistes essayent de m'aider depuis des mois, et rien n'a vraiment fonctionné.

— Chaque personne est différente, et chaque technique l'est également. Peut-être que vous n'avez pas encore trouvé la bonne, ou bien ce n'était pas le bon moment.

J'acquiesçai d'un sourire, mais je n'étais pas pour autant convaincue par ce qu'il venait de dire.

— C'est notre premier rendez-vous, je vous propose de commencer par m'expliquer ce qui se passe. Ce qui s'est passé et ce qui aurait pu déclencher vos crises d'angoisses. En fait, tout ce qui vous vient en tête et qui pourrait m'aider à bien orienter les exercices que je vais vous proposer.

Ce bel homme voulait que je m'ouvre à lui, comme ça, tout simplement. Il devait à peine avoir quelques années de plus que moi. Et il me demandait de lui faire confiance, et de lui raconter ma vie privée. Merci maman, pour cette nouvelle épreuve.

— Même si je ne suis pas médecin, tout ce que vous me direz restera entre nous.

— Je l'espère bien.

Je ne sais pas si c'étaient les nerfs ou ma tension qui chuta d'un coup, mais j'éclatai d'un rire tonitruant. Faut dire que j'ai toujours eu la voix qui porte, et là, c'est quelque chose.

— Je suis désolée, mais tout cela m'angoisse.

— Ce n'est pas grave, votre corps à juste besoin de relâcher la pression. Allez-y lorsque vous vous sentirez prête, ou si vous préférez, je peux aussi vous poser des questions.

Je pris une grande inspiration et soufflai d'un trait, lentement.

— Ok… Je n'ai pas trop l'habitude de parler de moi, je préfère faire rire la galerie avec des conneries que de partager ce qui ne va pas. Vous savez, depuis que je consulte, j'ai pris le temps de me documenter parce que j'ai vraiment envie d'aller mieux. J'ai bien compris mon problème, mais ce n'est pas pour autant que j'arrive à en sortir.

— Peut-être n'aviez-vous pas les bons outils. Si déjà vous mettiez vos propres mots pour m'expliquer, ce serait un bon début. Prenez votre temps. Dites-moi juste tout ce qui vous vient en tête.

Il se leva et tira un fauteuil identique au mien, se rapprochant ainsi de moi. Son dossier était dans l'alignement du mien, mais dans le sens opposé. En s'asseyant, il se pencha légèrement dans ma direction, me laissant observer de minuscules taches de rousseur sur le haut de ses pommettes. Des reflets blonds s'échappaient de quelques mèches rebelles.

— J'espère que je ne suis pas trop près. Je trouve que cela facilite les échanges. C'est moins formel qu'un face-à-face, moi, derrière mon bureau.

Je pouvais sentir la chaleur émaner de son bras gauche. Je tournai la tête pour dévisager son profil, et en profitai pour me plonger dans son calepin d'où les seules lettres manuscrites étaient Barbara Muller et la date du jour.

— Dès que vous vous sentez prête, allez-y, je vous écoute Barbara.

« Barbara », dans sa bouche, sonnait si voluptueusement que j'en frissonnai. Je me plongeai dans mon esprit afin de tenter de ne rien louper qui pourrait l'aiguiller dans son besoin de me comprendre. Pour une fois que quelqu'un prenait le temps de m'écouter et me donnait l'impression de vouloir vraiment savoir ce qui me pèse.

C'était l'occasion de tenter de vider mon cœur.

— Toujours l'exercice le plus difficile, lui avouai-je.

— Je comprends, mais c'est le seul moyen pour que je puisse vous aider.

Je débutai mon autobiographie, du moins les éléments dont il aurait besoin :

— Mon âge, vous le connaissez déjà, j'imagine, je suis née le jour de Noël et cette année je vais fêter mes vingt ans. J'habite dans la vallée, dans un petit village au milieu de la forêt. Encore chez mes parents... parce que j'y suis bien. Ma voisine et meilleure amie s'appelait Émilie. On se connaissait depuis toute petite...

Ma voix se tordait par anticipation à ce que j'allais dire ensuite.

— Elle est tombée malade il y a un peu plus d'un an. Un cancer... Les médecins ne pouvaient pas faire grand-chose... Elle a quand même tenté la chimio, mais ça n'a pas suffi...

Je repris mon souffle quelques instants ;

— Elle est morte cet été.

Mes mots sortaient avec difficulté. Les

larmes m'obstruaient la vue et ne demandaient qu'à sortir. Je lui jetai un œil. Plongé dans son calepin, il prenait des notes. J'avalai difficilement ma salive, ma gorge serrant le passage.

— J'allais la voir tous les jours à l'hôpital… Elle a tellement souffert… Depuis, je fais des cauchemars, et je n'arrête pas de penser à la mort… au jour où moi aussi je devrais passer par là.

Une montée d'émotions négatives me traversa, et sans que je ne puisse rien maîtriser, des pleurs jaillirent de mes yeux. Je tentais de m'excuser, mais aucun son ne voulait remonter du fond de ma gorge.

CHAPITRE 4

Une heure trente plus tard

Cette séance s'était mieux déroulée que ce que j'avais imaginé. Même si je me sentais mal à l'aise d'avoir pleuré devant ce charmant thérapeute, je devais bien reconnaître que le fait d'avoir partagé mes sentiments et cette peur grandissante en moi m'avait soulagé d'un poids. Pour la première fois, je me sentais écoutée. Vraiment. Le ciel s'était éclaircit, et l'orage s'était calmé, comme mon stress de ce matin.

Téléphone à la main, j'envoyai un texto

à ma mère pour qu'elle vienne me chercher. Il sonna presque aussitôt.

« Je suis au supermarché, j'arrive dans vingt minutes. »

Mon estomac grogna, me rappelant ainsi que je n'avais pas encore mangé ce matin. L'occasion d'aller déguster une petite gâterie au salon de thé. Je l'avais bien méritée.

Je répondis à ma mère :

« Ok prends ton temps, je vais prendre mon petit-déjeuner à la pâtisserie du centre-ville. »

La pâtisserie se trouvait à dix minutes de marche, face à la fontaine de la place de la mairie. Je m'installai à table, à l'intérieur, juste devant la vitrine. J'aimais observer les gens passer. Ceux qui prennent le temps pour discuter avec des connaissances sur le trottoir, celles qui glissent sur les pavés mouillés après la pluie, les enfants qui sautent de joie devant la vitrine demandant à leurs mamans : « Est-ce que je peux avoir une petite souris au sucre et à la crème pâtissière ? » Trop mignon, surtout lorsqu'ils obtiennent ce qu'ils souhaitent et qu'un magnifique sourire se lit sur leurs visages.

Mon chocolat chaud fumait. Ma cuillère se glissait sous l'épaisse couche de crème fouettée dont je me délectai sans attendre. La sonnerie de la porte retentit, accompagnée d'un coup de froid qui me rappela l'approche de l'hiver. Une silhouette emmitouflée sous un élégant trench brun venait d'entrer. Simon, le thérapeute. Il examinait la salle et remarqua ma présence. Un sourire montait jusqu'à ses adorables oreilles. Oui, je sais, tout chez lui est juste adorable. *Non*, je gargouille d'un petit rire intérieur de gamine, c'est horrible. Qu'est-ce qu'il m'arrive ?

Je l'entendis passer sa commande, une minute après, muni de son plateau, il s'approcha de ma table.

— Est-ce que je peux me joindre à vous ?

Je l'épiai stupéfaite.

— Oui, si vous voulez.

Il s'installa face à moi. Notre table, faite pour deux personnes maximum, semblait d'un coup toute petite.

— Je n'aime pas manger seul, prétextait-il.

Il me dévisageait, semblant hésiter à me dire quelque chose. Un sourire amusé se dessina sur son visage. Il ajouta :

— Je préfère vous le dire avant que vous ne partiez ainsi… Vous avez de la mousse.

Sa main gesticula autour de sa bouche. Évidemment, c'était le meilleur moment pour que la mousse recouvre ma lèvre supérieure. J'essuyai cette onctueuse crème qui venait de montrer à quel point je n'étais pas sortable.

Une tisane qui sentait bon la verveine et une torche aux marrons étaient posées devant lui.

— Vu l'heure, c'est votre repas ou votre petit-déjeuner ? lui demandai-je.

— Un peu des deux, j'avais surtout envie de sortir du cabinet. Vous étiez ma dernière cliente de la semaine. Après je dois faire de la paperasse… j'avais besoin d'un remontant. Je n'aime pas m'occuper de la gestion d'une entreprise.

— Je comprends, cela ne doit pas être

plaisant à faire.

À cette heure-ci, il n'y avait pas grand monde dans le salon de thé, mis à part un couple d'une soixantaine d'années qui buvait une tisane accompagnée de bretzels. Ils étaient installés au fond de la salle, à l'abri des regards des passants qui se délectaient à scruter la vitrine et les nombreuses pâtisseries qui se voyaient de l'extérieur. Même la serveuse avait disparu, disparaissant dans l'arrière-boutique dès que le dernier client s'était installé.

— Alors, dites-moi Barbara, qu'avez-vous prévu pour ces fêtes de fin d'année ?

— Je n'y avais même pas encore pensé.

C'était la première fois que l'appel de Noël ne m'avait pas encore invitée à ouvrir mon classeur des festivités.

— C'est dommage, c'est le plus beau moment de l'année.

Mes yeux s'écarquillèrent, apparemment j'avais trouvé quelqu'un qui aimait Noël tout autant que moi.

— Vous partez en famille ? Chez votre petit ami, peut-être ? me demanda-t-il.

— Toujours avec mes parents. Pas de

petit ami à l'horizon. J'ai pas vraiment les mensurations mannequin pour plaire à quelqu'un.

Il leva la tête de son assiette, tenant sa torche aux marrons qu'il dégustait petit morceau par petit morceau, et me demanda :

— C'est ce que vous pensez de vous ?

— Oui.

— Vous ne devriez pas, vous êtes une belle femme.

— C'est aussi ce que ma mère me dit, mais c'est ma mère, donc rien de ce qu'elle dit n'est vrai. Tout ce que je fais est merveilleux pour elle.

J'éclatai de rire. Cela faisait si longtemps que je n'avais pas entendu mon rire. Le vrai, celui qui vient lorsque je suis heureuse.

— Le seul petit ami que j'ai eu m'a quittée l'année dernière pour une fille taille mannequin. Et sa dernière phrase a été : « Bibi, tu croyais vraiment que je pouvais aimer une fille grosse comme toi ». Quel connard !

— Je suis désolé, effectivement, quel connard !

Je pouffai de rire. Entendre ces mots sortir de sa bouche me semblait improbable. J'avalai la dernière bouchée de mon millefeuille du jour, et lui de sa torche aux marrons. Il porta ses lèvres sur la tasse de thé, et but son contenant d'une traite.

— J'ai moi-même vécu une histoire assez similaire avec mon ex ... et c'est dur de se faire remplacer.

Le timbre de sa voix était devenu dur et son visage blanc comme neige. Ses yeux brillaient et je notais qu'il avait lui aussi souffert d'un amour non partagé. Un silence s'immisça ... l'air songeur il ajouta :

— Le plus important n'est pas ce que disent les autres, ni comment ils nous regardent. L'important est d'apprendre à s'aimer tel que nous sommes, et pas que physiquement. Nos valeurs, nos actions, ce que l'on décide de faire de sa vie, c'est cet ensemble qui nous mène vers le vrai bonheur.

Ces propos me rendait perplexe. Il avait une telle vision de la vie.

— C'est plus facile à dire qu'à faire.

— Je le sais bien, nous craignons toujours le jugement. C'est certainement la partie la plus difficile sur laquelle nous devons travailler. Arriver à se détacher de ce jugement. Celui des autres et de celui que l'on porte sur soi-même.

— Y a du travail.

— Alors c'est bien que l'on commence ensemble. Je suis là pour vous aider.

CHAPITRE 5

Mardi 8 novembre

La sonnerie de la fac retentit. Mon sac d'école déjà prêt n'attendait que moi pour sortir avec hâte de l'établissement. Au tournant du portail de l'entrée principale, Clovis était affalé contre le mur avec sa dernière petite amie. Une montée de dégoût me submergea.

— Bouboule ! s'exclama-t-il si fort que personne ne pouvait louper la situation.

Est-ce que je l'ignore ou bien je m'arrête ? C'en était trop, je décidai de lui faire face, prête à le défoncer.

— C'est à moi que tu parles ?

— Ben la seule bouboule de l'école c'est toi.

Ma seule envie, lui fracasser sa mâchoire de connard afin qu'il ne puisse plus l'ouvrir. Mon poing se dirigea vers son nez empâté lorsque je sentis des bras me retenir. Loïc venait de mettre fin à la bagarre à laquelle je rêvais depuis que cet imbécile avait quitté Émilie lorsqu'elle avait débuté sa chimiothérapie. Nan, mais quel mec peut quitter une fille dans un moment pareil, hein ? Ce n'est pas juste.

— Loïc, lâche-moi !

— Pas question, viens.

Je tentai de me débloquer, mais il était bien trop fort pour moi.

— Arrête Bibi, il n'en vaut pas la peine. Tu ne vas pas te faire renvoyer de la fac pour cet imbécile ?

Ces paroles adoucirent mes gestes. Caroline, la sœur d'Émilie nous rejoignit. Elle m'attrapa par l'autre bras et ils m'éloignèrent de Clovis.

— Ma voiture est à cent mètres, précisa Loïc.

Il habitait dans le même village que Caroline et moi. Il était notre chauffeur lorsque nous avions les mêmes horaires d'école. Autrement, je prenais le train depuis Strasbourg jusqu'à mon village, puis mon vélo électrique dont j'avais grandement besoin pour réussir la montée. Ce qui me permettait d'arborer de belles gambettes, du moins avant que je ne commence à me goinfrer du matin jusqu'au soir.

Sur le chemin, Caroline était restée accrochée à mon bras.

— Ma mère m'a dit que tu fréquentes Simon le thérapeute, c'est vrai ?

Ses yeux pétillaient rien qu'à l'idée que j'ai une pépite à lui dévoiler. Elle adorait les histoires croustillantes, surtout lorsqu'il s'agissait des beaux gosses du coin.

— Allez Bibi, raconte-moi, il est si craquant que j'en ferais bien mon quatre-heures.

— Que veux-tu que je te dise ? C'est mon thérapeute.

— Allez dis-moi, maman m'a raconté que tu avais été aperçue avec lui au salon de thé, à Mutzig. Depuis quand un thérapeute mange avec sa cliente ? Il ne m'a jamais proposé d'aller boire un verre.

— Tu le consultes aussi ?

— Ce n'est pas la question… Vous avez parlé de quoi ?

— Rien d'intéressant pour toi.

— Ok, est-ce que tu sais s'il a une copine ?

— Non, pourquoi le saurais-je ?

— Je voulais juste savoir… Il a refusé mon invitation à manger au restaurant. Il doit avoir une petite amie.

Une petite amie, je n'y avais même pas songé. En une fraction de seconde elle avait réussi à me gâcher ma journée. C'était certain, il devait être en couple, sinon pourquoi aurait-il refusé un rendez-vous galant avec la Barbie parfaite aux cheveux blonds décolorés jusqu'aux fesses, et à l'allure d'un top model. Tous les mecs rêveraient de sortir avec une fille aussi belle.

Émilie était si réservée, calme, tandis que Caroline était une fêtarde, qui passait de mec en mec, et toujours à la pointe de la mode. Elles étaient si différentes l'une de l'autre.

Loïc, en galant homme qu'il était, nous ouvrit la porte de sa voiture.

— Votre carrosse n'attend que vous, mesdames.

Je m'asseyais toujours à l'arrière, et Caroline prit sa place à l'avant. La « place du mort ». Cela me convenait très bien, ainsi je pouvais fermer les yeux, pendant qu'elle ferait la causette avec notre chauffeur. Fallait toujours qu'elle discute tout le temps, apparemment, le silence devait la mettre mal à l'aise. Être seule avec soi-même n'est pas donné à toutes les personnes. Moi, j'en raffole. Mais une question me taraudait :

— Du coup, tu le consultes ?

Un bref silence inhabituel.

— Je le vois juste de temps en temps histoire de lui faire du charme. Tu te doutes bien qu'une fille comme moi n'a aucun problème.

Dans le rétroviseur intérieur, je vis son regard se porter sur moi.

— Tout est parfait chez moi.

Je pouffai d'un rire contagieux. Même Loïc pouffa de rire.

— Ok, si c'est ce que tu penses de toi c'est génial. C'est tellement difficile de s'aimer telle que l'on est.

— Au fait Loïc, tu peux me déposer sur Mutzig ? J'ai un rendez-vous.

CHAPITRE 6

Vendredi 11 novembre

Je retrouvai mon fauteuil au couinement indélicat. À peine y étais-je installée, que Simon le thérapeute me demandait de me relever en me montrant un matelas bleu disposé au sol, à deux mètres de là.

— C'est ici que nous allons travailler aujourd'hui. Nous allons faire une séance de scan corporel par le biais d'une méditation guidée. Vous vous laissez aller, vous avez juste à écouter le son de ma voix, mes paroles et à ressentir ce qui se passe dans votre corps.

Les trois centimètres d'épaisseur qui séparaient mon corps du sol étaient tout juste confortables.

— Est-ce que vous voulez un coussin pour la tête ?

— Oui.

Il se pencha vers moi, le souffle chaud de sa respiration dans ma nuque me déclencha de la chair de poule. Je m'allongeai sur le côté, glissai mon bras au-dessus de ma tête caressant le matelas et pivotai sur le dos pour m'installer.

— Ce soir nous allons faire une méditation dans laquelle je vais vous guider. Vous n'aurez rien à penser, juste à ressentir ce qui se passe en vous. L'idée est de savoir où vous avez des tensions, d'y porter votre attention en imaginant que votre respiration se fait dans cette zone et de ressentir comment cette tension bouge, voire disparait. Vous avez des questions ?

— Non.

— Très bien, alors fermez les yeux et laissez votre corps se détendre.

Il attrapa un gros coussin blanc de forme triangulaire, suffisamment large pour accueillir la largeur de mes cuisses.

— Je vais placer ce coussin sous vos genoux. Cela va plaquer le bas de votre dos contre le matelas et ainsi soulager la pression dans la colonne vertébrale du fait d'être allongé.

D'un bras qu'il glissait sous mes genoux, il souleva mes cuisses. Je sentais ses muscles se contracter et m'effleurer avec délicatesse, ce qui éveilla en moi des frissons qui parcoururent tout mon être. Je le regardai furtivement. Heureusement, il était concentré sur son geste. Le coussin était ferme.

— Vous êtes bien installé ?

— Oui.

Ah ! cette voix toute nasillarde, je la détestais tant, et là voilà de retour. Il souriait en voyant ma gêne.

— Nous allons débuter en douceur. Comme vous l'avez expérimenté la semaine dernière, vous avez juste à respirer calmement, en relâchant bien tous les muscles de votre corps.

J'acquiesçai d'un hochement de tête.

— Vous pouvez fermer les yeux. Vous ne risquez rien, je reste à vos côtés toute la séance.

J'entrepris de les fermer tout en l'observant une dernière fois. Je n'étais pas très à l'aise d'être allongée si près de lui.

— Est-ce que ça va ?

Il avait cette petite manie de répondre comme s'il comprenait ce qui se passait en moi. Comme dans un gros livre ouvert.

— Je suis juste un peu stressée.

— Je comprends, c'est nouveau. Mais il ne faut pas. Tout va bien se passer.

Il recula un peu, m'offrant un peu d'air dans ma bulle de protection anti-intrusion.

— Avec ma technique, je dois rester proche, et selon vos besoins, il faudra que j'intervienne pour vous soutenir dans l'exercice. Est-ce que cela ira ?

— S'il le faut, ok, il me faut juste un temps d'adaptation. Je ne suis pas trop à l'aise lorsque quelqu'un m'approche de trop près.

— Bien sûr je comprends, on avance en douceur, c'est bon pour vous ?

Je hochai la tête, prête à tenter cette nouvelle expérience. Après tout, au point où j'en étais… au pire, si ça ne me plaisait pas je pourrais toujours lui mettre une droite.

Il reprit où il en était, continuant ses

explications de sa voix chaude et délicate :

— Posez vos mains sur votre ventre. Prenez une grande inspiration et sentez l'air qui pénètre par vos narines et se diffuse dans votre gorge, votre thorax, jusqu'à votre abdomen.

Il inspira lui-même, son souffle caressant le dessus de mes mains arquées sur mon ventre empli d'air.

— Expirez doucement par la bouche et sentez comment l'air remonte de votre abdomen, vers votre thorax, votre gorge puis votre mâchoire. Continuez quelques respirations.

L'air frais aux douces notes d'ylang-ylang adoucit mes pensées et calma les précipitations de ma respiration. Sa présence non loin de moi ne me dérangeait plus, au contraire. Je commençais à me sentir apaisée.

Une musique à peine audible semblait provenir des quatre coins de la pièce. Une chute d'eau, certainement un petit ruisseau au bord duquel devaient chanter une poignée d'oiseaux. Des piaillements plutôt agréables. Cela me rappelait mon chez-moi, ma maison au milieu de la prairie, entourée d'une magnifique forêt où ruisselle un petit ruisseau.

Après quelques respirations, mon corps s'était détendu, un fait devenu si inhabituel pour moi. Je n'arrivais même plus à me souvenir de la dernière fois où je n'avais plus senti tous mes muscles compressés et durs. Ce thérapeute avait vraiment quelque chose de particulier.

Sa voix me ramena sur ce matelas dans lequel je me serais bien endormie, finalement.

— Prenez pleinement conscience de ce que vous ressentez dans votre corps et votre esprit.

Sa voix devenait de plus en plus douce et lente.

— Vous allez à présent concentrer votre attention sur toutes les parties de votre corps, les unes après les autres.

Il laissait planer le silence entre chacune de ses phrases, voire, de ses mots. Sa voix grave participait à mon apaisement en me berçant tel un bébé bien au chaud, blotti contre l'être aimé. Mon corps s'enfonça de plus en plus dans la mousse du matelas. Du moins, c'était l'impression que je ressentais.

— Maintenant, vous allez porter votre attention sur les sensations physiques que vous ressentez sur le bas de votre abdomen. Prenez conscience de l'évolution des sensations de la paroi abdominale lors de l'inspiration, puis de l'expiration.

Mon ventre se gonflait comme si j'étais enceinte, et se dégonflait. La sensation de lourdeur que je ressentais depuis des mois s'échappa, pour, je l'espère, ne jamais revenir.

— Votre respiration se dirige vers le bas de votre pied gauche.

Délicatement, je focalisai mon attention vers cette zone comme il me le demandait. Et aussi surprenant que cela puisse l'être, j'avais réellement l'impression que ma respiration se prolongeait maintenant dans ma jambe gauche.

— Étendez maintenant votre conscience au reste du pied gauche, le dessus du pied, la cheville, et jusque dans les os et les articulations.

Il reprit son souffle.

— Ensuite, prenez une respiration un peu plus profonde, dirigez-la vers l'ensemble du pied gauche, et au fur et à mesure de votre respiration, prenez conscience de tout ce qui se passe dans votre jambe.

Le silence s'ensuivit, me laissant le temps de ressentir chaque parcelle de ma peau, des muscles, des articulations. Mais aucune tension dans ma jambe gauche. C'était plutôt une bonne chose il me semble, non ? Pas le temps de lui demander, de toute manière je ne suis pas certaine qu'il apprécierait que je parle maintenant. Il enchaîna sans remarquer que je m'étais un peu égarée de ses propos :

— Puis, passez de la partie supérieure de la jambe gauche aux orteils du pied droit, au-dessus de votre pied, à la cheville, à la jambe droite dans son intégralité… Ressentez… Respirez.

Je ne faisais que ça, mais à ce rythme, j'allais bientôt m'endormir. *Chut, tais-toi donc foutu esprit*. Je tentai de me replonger dans mon corps, à l'écoute de cette respiration qui reprenait dans ma jambe droite.

— Votre respiration remonte vers la région pelvienne… l'abdomen, ressentez comment tous vos muscles se détendent et suivent le mouvement. Votre respiration remonte vers le thorax… vos épaules… vos bras… vos mains… vos doigts… Elle longe votre cou… votre nez… votre mâchoire… votre visage, et chaque endroit de votre corps. Le plus possible, soulignez chaque détail des sensations, les zones où vous avez senti une tension.

Mes tensions ? Elles étaient surtout au niveau de la gorge et du thorax. Je les sentais m'écraser, d'autant plus quand j'y prêtais attention.

— Prenez une grande inspiration, puis relâchez chaque zone davantage. Lorsque vous prenez conscience d'une tension sur une zone de votre corps, vous pouvez diriger votre respiration en l'amenant vers cette zone. Utilisez la respiration pour débloquer les tensions en visualisant l'inspiration et l'expiration dans la tension. Elle la modèle en l'étirant puis en l'écrasant, comme si vous vouliez en faire de la pâte à modeler. Vous la travaillez pour la rendre souple.

Il reprit son souffle.

— Sentez comment la tension

craquelle à chaque expiration, l'air emportant tout sur son passage.

Un long silence s'immisça. Telle qu'il l'avait dit, la forte sensation de pesanteur située sur mon diaphragme devenait moins soutenue. Toujours là, mais bien moins pesante. J'arrivai de nouveau à respirer avec plus de douceur dans le mouvement. Sans encombrement.

— Tout doucement, vous allez pouvoir reprendre contact avec votre corps qui touche le matelas. Bougez délicatement vos doigts, vos mains, et lorsque vous vous sentirez prête, vous pourrez ouvrir les yeux.

Après quelques instants de réflexion avec moi-même, histoire de faire un petit bilan de ce que je venais de vivre, j'ouvris les yeux, observant le plafond d'un blanc immaculé.

Le frottement de son pantalon me rappelait qu'il était encore accroupi à côté de moi.

— Est-ce que vous souhaitez que je vous aide à vous lever ?

— Ça va aller, merci. J'ai ce qu'il faut dans les bras, lui répondis-je d'un ton rieur.

Je tournai la tête vers lui. Son sourire

illumina la pièce. Il devait en faire tomber des filles.

CHAPITRE 7

Vendredi 18 novembre

Mon professeur absent pour cause de maladie hivernale, j'en profitai pour accompagner ma mère au marché hebdomadaire de Mutzig. Le seul marché de par chez nous. Non, en fait, c'était surtout celui qui nous permettait de faire les courses de la semaine dans les environs, car il y a tout dans cette petite ville. Supermarchés, boulangeries et pâtisseries, restaurants, coiffeurs, instituts de beauté, fleuristes, opticiens, médecins, banques, et j'en oubliais certainement. Il y avait tout ce dont on pouvait avoir besoin sans devoir faire des kilomètres jusqu'à Strasbourg et son agglomération.

Sa petite voiture rose garée près du laboratoire médical, nous passions devant la devanture du cabinet de Simon. La lumière était éteinte, il ne devait pas travailler ce matin-là. Peut-être était-il au salon de thé ?

— Maman, est-ce que tu veux qu'on s'arrête manger quelque chose à la pâtisserie ?

Elle s'arrêta et se tourna en ma direction.

— Barbara, je croyais que ta dernière bonne résolution était de perdre les kilos que tu as pris cette année.

Mince, qu'est-ce qui m'avait pris de lui faire cette déclaration le week-end dernier ?

— Tiens bon ma chérie. Ça ne pourra que te faire du bien de perdre un peu de poids.

Je sentais que cette décision n'allait pas être facile. Quoique là, ce soit surtout pour revoir Simon et non pour ma gâterie que je souhaitais y faire un détour.

Après avoir traversé un bon tiers de la ville, nous arrivions au marché. Autour de la fontaine en pierres de grès, les marchands s'étaient installés avec leurs stands. Mon préféré, la camionnette de notre agricultrice. Elle avait toujours des légumes de saison, bio forcément, et j'adorais découvrir des légumes oubliés. Je savais qu'en me voyant, personne ne pourrait deviner que j'aime surtout manger des légumes. Bon, lorsque je n'ai pas de millefeuille sous la main, bien sûr. Il fallait vraiment que je me fasse aussi aider pour enlever les millefeuilles de mon esprit. Sacré gâteau délicieux et fondant. À la crème pâtissière si appétissante. Aux couches de pâtes feuilletées si croquantes. Si savoureux dans ma bouche…

— Barbara.

— Oui.

— Tu viens ?

Je ne m'étais même pas rendu compte que je venais de m'arrêter en plein milieu de la foule, salivant de mon millefeuille imaginaire.

Ma mère se dressait devant moi, son panier d'osier au bras. Elle avait déjà choisi ses légumes de la semaine. Avec elle, tout était impeccablement prévisible. De la liste des recettes classées par saison, à sa liste de course qu'elle préparait pour ne surtout rien oublier. Il ne manquerait plus qu'elle soit obligée de revenir en ville pour faire les courses. Elle aimait économiser les trajets.

— Regarde qui est là, me dit-elle d'un coup de coude amical.

Je tournai la tête, et Simon arrivait vers nous, un cabas rempli de légumes. L'homme parfait pour moi. Si seulement il pouvait être célibataire, et moi, un peu moins moche.

— Bonjour Madame. Barbara.

— Bonjour.

Ma mère me poussa vers lui.

— Allez.

Que voulait-elle que je fasse ?

— Vous avez vu, les vitrines sont décorées, il ne manque plus que la décoration de la fontaine et la mise en place du marché de Noël, nous annonça-t-il.

Je n'avais même pas remarqué que les décorations des magasins étaient terminées. Comment avais-je pu louper ces détails ?

— C'est bien la première fois que je n'y fais pas attention, j'avais l'esprit ailleurs ce matin.

Simon ou le millefeuille, lequel m'avait fait manquer un tel évènement. Ce qui se dégageait de lui, son air malicieux m'invitait à flâner avec lui pour observer les devantures, à la recherche de la plus belle vitrine de la place. Son regard caressa le mien.

— Vous êtes radieuse aujourd'hui.

— Nos séances commencent à porter leurs fruits.

— On dirait bien, tant mieux, j'adore vous voir sourire.

Mes joues rougirent et mon cœur pétillait d'espoir. L'idée que je lui plaise me traversa l'esprit.

Il s'arrêta devant la plus jolie vitrine de la rue, l'air songeur.

— J'adore l'esprit de Noël, et vous ?

— Oui moi aussi... avec Émilie on adorait s'occuper des décorations, flâner dans les rues de Strasbourg, et faire tous les marchés de Noël possible.

— Je comprends, les marchés sont tellement beaux par ici. Mes parents n'aiment pas trop cette période de l'année, de mauvais souvenirs d'enfance. Mais avec mon cousin, il est un peu comme un frère pour moi, on aimait décorer la cabane que j'avais dans le jardin, c'était notre lieu magique.

J'étais à un pas de lui. Son regard se portait sur moi au travers du reflet de la vitrine. Mon cœur s'emballait comme à chaque fois que je le voyais. Il était là, si proche. Alors que j'avais l'impression qu'il se passait quelque chose, le souffle d'une voix que je connaissais venait de surgir derrière nous. Et la joie de Simon venait de disparaître de son visage. Un troisième reflet venait d'apparaître sur la vitre du magasin de fleurs Cameline. De longs cheveux blonds sous un bonnet bleu. Un visage au teint de rose, une bouche ourlée de rouge à lèvres rose carmin, des yeux bleu clair nous observaient. Mais depuis quand ? Je me retournai vers elle. Sa mère l'accompagnait. Pas le temps de dire le moindre mot, Caroline attrapa le bras de Simon pour se blottir contre lui en l'emmenant avec elle. Sa mère resta avec moi.

— Comment vas-tu ? Cela fait si longtemps que tu n'es pas venue à la maison.

Simon s'éloignait de moi et mon ventre se déchirait sous la douleur d'une main qui cherchait à malaxer mes entrailles.

— Je sais, c'est encore trop difficile. Elle me manque tellement, répondis-je d'une voix se balançant dans les aigus.

Meredith m'enlaçait tout en me caressant le dos de ses mains emmitouflées dans une paire de gants qu'elle avait tricoté. Son passe-temps préféré : tout ce qui peut être fait maison. C'est d'ailleurs elle qui s'occupait d'organiser chaque année les activités liées à Noël. De quoi occuper tous les enfants et les plus grands, lors des longues soirées froides de l'hiver.

Simon continuait son chemin avec Caroline, ils retournaient vers la fontaine où je pouvais apercevoir ma mère, nous espionnant. Simon tenta un regard vers l'arrière, mais comme à son habitude, Caroline monopolisa l'attention. Apparemment, elle avait beaucoup à lui dire.

Dix minutes plus tard, Caroline revenait vers nous, mais sans Simon. Sa mère et elle continuèrent leurs courses au marché. Ma mère et moi reprenions la route vers la maison.

— Alors, ma chérie, est-ce qu'il se passe quelque chose avec Simon ?

Je fis semblant de ne pas l'entendre. Les mains dans les poches pour me les réchauffer, un petit coup d'œil dans la rue pour voir si j'avais la chance d'apercevoir Simon avant de rentrer. Et ma mère qui s'impatientait de savoir s'il se passait quelque chose entre mon thérapeute et moi…

— Allez, raconte tout à ta maman chérie.

— Il ne s'est rien passé.

— Quel dommage ! Il me plaît beaucoup.

Je m'arrêtai de marcher pour la fixer.

— Euh… je te rappelle que tu es mariée avec papa.

— Il ne me plaît pas pour moi, mais pour toi. Tu es certaine qu'il ne s'est rien passé ? Parce que… j'ai vu comment vous vous regardez. Il y a de l'amour dans l'air.

— Tu rigoles ou quoi ? Tu m'as vu ? Et lui ?

— Arrête de dire des bêtises.

Je repris la marche pour la rattraper.

— C'est mon thérapeute.

— Et alors ? Je t'ai pris des rendez-vous jusqu'à Noël et après tu ne seras plus sa cliente. Donc plus de problème.

— Si c'était si facile.

CHAPITRE 8

Samedi 19 novembre

J'entrai dans la cuisine, mon père était attablé devant son petit-déjeuner en regardant les informations à la télévision. Ma mère préparait un gâteau à la banane.

— Je déclare la saison kitsch de Noël officiellement ouverte, les informai-je.

— Waouh, que se passe-t-il ? me demanda-t-elle en me suivant dans le salon.

— Je me suis réveillée de bonne humeur.

— Toi, tu me caches quelque chose.

— Pas du tout, c'est juste qu'hier

quelqu'un m'a rappelé que c'est bientôt Noël. Et j'adore Noël.

— Merci Simon.

Mes joues s'empourprèrent, ma mère avait gagné.

— Je le savais, il te fait craquer.

— Maman.

Elle regagna la cuisine, la joie se lisant sur son visage. Bon, ok, peut-être qu'il y a effectivement un petit quelque chose qui s'était réveillé en moi. Simon m'avait permis d'ouvrir mon coeur sur la beauté de la vie. Après tout, ne dit-on pas que l'espoir fait vivre ?

Le sourire accroché aux lèvres, les yeux pétillants de bonheur, et des idées de décoration plein la tête, j'étais prête à descendre à la cave pour chercher les cartons de décoration.

— Maman, on pourrait commencer à décorer la maison. On est déjà en retard.

— Si tu veux. Je viens dès que j'ai fini le gâteau. Monte les cartons.

Dix minutes plus tard et après quelques efforts intenses à descendre et à remonter, tout était là. En tant que fervente ambassadrice des fêtes de Noël, j'avais accumulé tant d'objets au fil des ans que j'aurais pu ouvrir la boutique du père Noël. À la maison, nous n'avions rien à envier au plus grand des magasins de décorations de Noël. De notre région, je précise, car ici, il n'y avait rien de bien grand ou d'extravagant comme au magnifique palais du Printemps à Paris. Un lieu tellement grandiose et joyeux par ses décorations en cette période de l'année. Faudrait que je pense à y retourner.

Le salon et le hall d'entrée commençaient à s'harmoniser aux coloris de vert, rouge, blanc et or. Et ce n'était que le début. La maison devait ressembler à celle du père Noël, comme si nous étions au Santa Claus Village du côté de Rovianemi. Passant dans le couloir, j'observai au passage la photo d'Émilie et moi, à nos dernières vacances en Toscane, me rappelant à son bon souvenir. En cette matinée de festivité créatrice, elle était sortie de ma tête. *Mon Émilie, tu me manques tellement.*

— Barbara, tu viens ? J'ai besoin que tu m'aides avec cette guirlande.

Ma mère s'était attelée à monter notre sapin de fer. Nous n'aimions pas couper des arbres juste pour les fêtes. Un sapin artificiel faisait très bien l'affaire. Il ne perdrait pas d'épines, il était réutilisable, et nous évitait la corvée de devoir en choisir un chaque année. Sans compter qu'avant de l'exposer chez soi, il fallait réussir à le rentrer dans la voiture, le sortir, ouvrir son emballage, l'installer et nettoyer toutes les épines qui seraient déjà tombées au sol. Que des contraintes, sans oublier l'impact écologique sur notre pauvre forêt.

— T'as déjà tout installé ?

— Bien sûr que non, je sais à quel point tu adores le faire.

Lorsque je la rejoignis, accroupie devant une guirlande gargantuesque de froufrou et de bougies lumineuses, elle me souriait. Je voyais bien que quelque chose la taraudait, mais je préférai faire comme si de rien n'était. Cela m'amusait.

— Je suis contente de te voir à nouveau sourire. Et préparer ces fêtes. Je sais à quel point tu aimais faire cela avec Émilie.

— J'aurais adoré qu'elle soit là.

Elle accrocha l'extrémité de la guirlande au sommet du sapin, et j'attrapai la suite que j'installai d'un geste en tournant autour d'un sapin largement plus grand et gros que moi. De son air interrogateur, ma mère continuait à me fixer. Finalement, c'est elle qui gagna à ce jeu.

— Ok maman, vas-y je t'écoute, lançai-je en reculant d'un pas pour admirer notre travail.

Forcément, d'une voix tout épanouie, elle me gratifia de la question à laquelle je m'attendais évidemment :

— J'ai bien vu ton sourire hier lorsque tu as vu Simon, et je le vois à chaque fois que tu rentres de l'un de tes rendez-vous avec lui. Il m'a l'air charmant. À ce que j'ai entendu dire, c'est un homme serviable, gentil… tout le contraire de ton ex.

— Maman, c'est mon thérapeute.

— Et alors, bientôt ce ne sera plus le cas.

— C'est un bel homme qu'est-ce que tu veux qu'il fasse avec une fille comme moi ? Et de toute manière il doit déjà être pris.

— Tu es une belle femme, et ce n'est pas parce que ton ex est un imbécile, que tu dois croire ce qu'il t'a dit.

— Je ne sais pas maman… En plus, avec tous les kilos que j'ai pris cette année, je ne ressemble plus à rien.

— Ce n'est pas vrai. Et puis il n'y a pas que la beauté physique, tu as un cœur en or, et ça, je suis certaine qu'il l'a vu.

— C'est le physique que l'on regarde en premier.

— Il n'y a que toi qui ne remarques pas le charme que tu as, et ce ne sont pas quelques kilos en trop qui doivent t'empêcher d'être heureuse. Il serait temps que tu prennes confiance en toi.

— Peu importe, Caroline est déjà sur le coup, et elle obtient toujours ce qu'elle veut.

— Ça ne veut rien dire. Même si c'est une très belle femme, elle n'a pas ton charme ma chérie. Et puis, qui ne tente rien n'a rien.

Et ça y est, elle venait encore d'ajouter à la conversation l'une de ses citations préférées. Elle et ses citations…

— Jamais j'oserais tenter quoi que ce soit.

— Il ne faut jamais dire jamais, tu ne sais pas ce que l'avenir te réserve. Et vu comment il t’a regardée, je crois bien que tu as toutes tes chances.

La mise en place des décorations ouvrait mon appétit. Après tout, j’avais bien mérité un succulent millefeuille. Et quel bonheur, il y en avait bien un au frigo. Même deux !

— Merci maman, je t’embrasserais bien si je n’avais pas la bouche pleine.

CHAPITRE 9

Mardi 22 novembre

Un nouveau jour, une nouvelle séance avec Simon. Après le gris, le gris super sombre, le vert pastel et le vert bouteille, aujourd'hui, il portait un beau costume trois-pièces d'un bleu azur qui mettait encore plus en beauté les taches d'or de ses yeux bleu persan. Avec tant de modèles différents, il devait certainement détenir des actions chez ce fabricant de costumes à la mode *english*.

Comme à l'accoutumée, après une brève discussion de fauteuil à fauteuil, l'un à côté de l'autre, il m'aida à m'asseoir sur une chaise de méditation installée sur le matelas bleu. Il posa cette fois-ci sous mes mains et bras, de gros coussins en mousse. Ainsi qu'un dernier sous mes genoux, moment devenu agréable et où je me découvris à aimer le contact de son corps avec le mien, espérant secrètement qu'il était possible qu'un homme comme lui pût en apprécier la proximité.

Tandis qu'il soulevait mes jambes pour y glisser ce coussin triangulaire pour relâcher mes tensions accumulées dans le bas du dos, je me fis la surprise d'oser soutenir son regard. Il souriait en plissant légèrement ses yeux, une mèche décolorée par le soleil retombait sur son front. Mèche qui réveilla en moi une envie irrépressible de la remettre en place. Je me mordis les lèvres pour calmer mon ardeur. Mes jambes s'aplatirent contre ledit coussin tandis que ses bras forts s'éloignèrent de moi.

Dans cette position, la forme de mon enveloppe charnelle devait ressembler à un « w » mal écrit. La chaise recouverte d'un agréable coussin à mémoire de forme servait à soutenir mon dos. Mes bras relâchés étaient prêts à donner des coups si le besoin s'en faisait sentir lors de la séance. Ce qui n'était encore jamais arrivé. Je n'en étais pas encore au point de pouvoir relâcher tout ce qui me faisait souffrir. Pas autant que je ne l'aurais aimé. J'aurais donné n'importe quoi pour assister à une séance où l'un de ses patients les utilisait tous pour frapper d'extériorisation. Ce devait être quelque chose de fabuleux à observer, de pouvoir se libérer ainsi devant un inconnu. Inconnu plus aussi inconnu que ça finalement, souriai-je intérieurement rien que par cette pensée délicieuse.

— Barbara, nous allons refaire le même exercice. Reprenez la respiration par le nez, inspirez, expirez de manière rapide comme nous l'avons travaillé la dernière fois. Nous avons besoin de cette hyperventilation pour accéder à votre subconscient et ainsi permettre de lâcher prise sur ce qui doit l'être.

J'acquiesçai, vu le nombre de nos séances, j'avais pris le pas. Et comme une bonne élève qui voulait avoir un bon point, je pratiquais les exercices qu'il m'avait conseillés à la maison.

Je fermai les yeux, mis en route ma

respiration consciente par le nez, et me laissai guider par la musique donnant le rythme respiratoire. Très vite, je sentais cet appel d'air anormal m'envoyer vers les nuages, la tête tournant légèrement. C'est là que je compris vite l'importance des coussins. Cela me le faisait à chaque fois. Des respirations, de la musique, de l'air qui entre et qui ressort, et quelques minutes plus tard, une voix chaude et douce chuchota au plus près de mon visage :

— Je pardonne et laisse aller le passé… Je suis pardon et créativité lumineuse.

Le souffle chaud de sa respiration m'accompagnait dans le mouvement de l'exercice. Il laissait toujours passer quelques minutes avant de débuter son monologue de méditation. Juste quelques phrases, des mantras, m'avait-il dit. Les mots choisis étaient censés permettre à mon inconscient de déverrouiller une serrure pour libérer un blocage émotionnel.

Certes, je me sentais apaisée nerveusement et musculairement depuis que je le voyais, mais de là à sentir quelque chose s'ouvrir en moi, pas encore. Il est vrai que je ne grignotais plus la nuit depuis des semaines, c'était déjà un excellent résultat. Et j'en étais fière. Cela commençait à se voir sur ma silhouette et mon moral. Cependant une grande partie des kilos accumulés cette année étaient toujours là, et ils étaient tenaces. J'allais devoir encore fournir des efforts, diminuer les trajets avec Loïc et faire davantage de vélo pour retrouver ma silhouette d'avant.

Le souffle de Simon me fit faire un petit sursaut. Il posa sa main contre mon bras. Une phrase qu'il me susurra à l'oreille m'interpella :

— Il est bon pour moi de laisser aller. Je laisse aller et je laisse l'univers me guider.

Ma poitrine se crispa comme pour m'étouffer. Une montée de chagrin m'envahit. Je la réfrénai avec toute ma force intérieure. Hors de question de pleurer.

Je la sentais se rapprocher à nouveau, et il ajouta de sa voix chaude et enivrante :

— Tout ce dont j'ai besoin est en moi, ici et maintenant. Il est bon d'être dans mon corps et dans mon cœur.

Et me voilà, pleurant à chaudes larmes

devant lui. Je tentai de reprendre le dessus, d'arrêter ce déferlement d'émotions inavouable, avec peu de résultats. Ses mots avaient déclenché l'orage qui me ravageait le cœur depuis de longs mois. Il me tendit sa boîte de mouchoirs en papier blanc, comme si cela allait suffire à calmer cette horreur. Je me relevai légèrement de mon dossier pour me moucher, tandis qu'il s'approcha de moi pour me prendre dans ses bras, passant ses mains jusqu'à mon dos, sa joue contre la mienne.

— Laissez-vous aller, pleurez, dit-il en me serrant davantage. Un mouvement réconfortant et bien accueilli, cela me faisait du bien. Mon corps tremblait, le son de mes pleurs émergeant du plus profond de mon être, et les larmes ne s'arrêtaient plus de dégouliner le long de mon visage. Mon nez faisant de même. Heureusement que j'avais gardé la boîte de mouchoirs à côté de moi.

Lorsque je commençais à me calmer, d'un mouvement lent et doux, il me replaça vers le dossier. Il ajusta le coussin sous ma tête, et ajouta :

— Reprenez la respiration connectée, et frappez les coussins de vos mains en tournant votre tête de droite à gauche. Vous pouvez aussi frapper les pieds au sol si vous en ressentez le besoin.

Il me demandait de faire ce que je redoutais, m'exposer à lui, à son regard, à son jugement. Bien qu'il me semblait être loin au-dessus de tout cela, maintenant que je le connaissais davantage, cela n'empêchait pas ma gêne de prendre le dessus.

Oserais-je ?

En fait, je crois que ce n'était pas une question, mais bien une affirmation. Et puis, pourquoi pas ! Je fermai les yeux pour ne pas le voir m'observer, j'avais trop honte. Et je m'exécutai, frappant de toutes mes forces sur les coussins, et suivis de peu, mes pieds qui ressentaient cet appel de la violence salvatrice.

Ça y est, j'avais enfin compris. L'embarras que je ressentais avait disparu au moment où je me rendis compte du bien fou que j'éprouvai en pratiquant cet exercice qui m'obligeait à sortir de ma zone de confort. Et savoir Simon à côté de moi, prêt à m'apporter réconfort, m'avait permis de m'apaiser par sa seule présence. Je me sentais en confiance. Et cela avait suffi à me faire lâcher prise vis-à-vis du jugement des autres. Je me sentais si légère.

Un poids venait de m'être retiré, et une grande leçon venait de m'être inculquée.

CHAPITRE 10

Vendredi 25 novembre

Ce soir-là, je sortis avec mon groupe d'amis. Nous nous connaissions tous depuis le lycée. Et d'autres comme Caroline et Loïc, depuis notre enfance. Une telle sortie n'était plus arrivée depuis la disparition d'Émilie. J'en avais presque oublié ce que cela faisait que de se préparer pour sortir. Trouver un chauffeur pour le chemin aller ? Facile, c'était toujours Loïc ou son cousin, cela dépendait de qui allait boire ou non. Je n'avais pas encore mon permis, donc je m'en sortais bien. Et je n'étais pas pressée de le passer : mon vélo et les transports en commun me convenaient parfaitement si je ne trouvais pas de chauffeur. Et dans le pire des cas, je pouvais toujours supplier mes parents pour que l'un d'eux me dépose.

Nous avions rendez-vous dans notre Q.G. des soirées du vendredi soir : un restaurant alsacien, en ville. Au menu : tartes flambées, la gratinée pour commencer, avec plein de fromage dessus, suivie de celle aux champignons, trop délicieuse. Et pour terminer le repas, une au munster, l'incontournable. Ce serait un sacrilège que d'oser partir de là sans avoir savouré la fameuse tarte au munster. Je salivais rien qu'en y pensant. Pour le dessert, je préférais voir directement sur place : j'hésitais toujours entre celle au chocolat et aux bananes, et la flambée pomme cannelle.

Le klaxon de la voiture du cousin de Loïc résonna dans la rue, faisant écho dans la vallée. C'était donc lui le chauffeur du soir. L'occasion pour lui de tenter sa chance auprès de Miss parfaite Caroline. Le pauvre n'avait toujours pas compris qu'il n'avait aucune chance.

Lorsque je les rejoignis, la Subaru bleue était déjà occupée par mes trois compères. Caroline était déjà installée à l'avant, comme toujours. Loïc m'attendait à l'arrière, la portière ouverte.

— Enfin ! Je suis bien content que tu viennes, on commençait à désespérer que tu refasses la fête avec nous.

— Oui c'est chouette, nos soirées m'ont aussi manqué, lui répondis-je en m'installant.

Une vingtaine de minutes plus tard, nous étions à Mutzig. La ville rayonnait de l'esprit de Noël. La rue principale était surplombée de ces éternelles illuminations représentant une bougie et des feuilles de gui d'un blanc légèrement violacé. Cela pouvait donner l'impression qu'il y avait de la neige si l'on était assez imaginatif. Parce que pour le moment, pas le moindre flocon de neige alors que nous étions à un mois de Noël. Allait-il neiger ? C'était devenu rare ces dernières années. Les magasins qui étaient fermés à cette heure-ci avaient allumé leurs décorations rendant cet instant encore plus féérique.

La voiture garée au parking, à l'arrière du bâtiment, nous entrions dans ce restaurant de cuisine alsacienne pour rejoindre Élisabeth, Christophe et Tessa qui nous attendaient déjà à table. Nous réservions toujours la plus grande table dont la fenêtre donnait sur la rue principale. L'odeur des tartes flambées qui crépitaient dans le four à bois émoustillait nos papilles. Cette année, ils avaient fait de grands efforts sur la décoration, je vis que je n'étais pas la seule fan de cette période qui réveille en nous nos âmes d'enfants.

Des salutations chaleureuses aux embrassades émouvantes, Christophe annonça au nom de toute la troupe :

— Nous sommes bien contents que tu sois de retour, tu nous as énormément manqué.

— C'est clair, ce n'est pas pareil sans toi Bibi, lança Tessa qui venait de s'asseoir à l'autre bout de cette table ronde.

— Merci, c'est adorable, ajoutai-je en leur envoyant de chaleureux baisers de la main.

Le serveur nous amena la carte dont nous n'avions plus vraiment besoin. Il n'y avait plus de surprise, tous les vendredis soir, nous prenions les mêmes tartes flambées. La première avec plein de fromage fondu arriva à table. De forme typiquement rectangulaire, elle n'attendait plus qu'à être découpée et dévorée. Évidemment, mes amis me confièrent la tâche fastidieuse qui était de réussir à la couper en huit parts, les plus égales possibles pour ne pas faire de jaloux. Ils savaient que j'adorais faire cela. Prendre soin d'eux et les materner. Juste un peu.

Alors que je m'attelais à la tâche de servir l'assemblée, une voix que je connaissais se fit entendre jusqu'à moi. Une silhouette familière passa sous le porche de l'entrée. C'était Simon, accompagné d'un homme qui devait avoir le même âge que lui. Non… J'aurais dû m'en douter, à chaque fois que mon cœur s'emballait pour un mec, il était gay. Les beaux gosses sont toujours gays, ou alors mon Cupidon aimait se foutre de moi en m'envoyant les mauvaises flèches. Je sentis mon cœur se fendre en mille morceaux.

— Ça va ? m'interpella Élisabeth qui était assise à côté de moi.

Je baissai le regard sur elle, et lui confirma que oui, d'un hochement de la tête.

— Assieds-toi, ils n'ont qu'à se servir. Allez, dis-moi tout, je t'ai vu mater les mecs qui viennent d'entrer, tu les connais ?

— Oui.

— Lequel, le blondinet ou le rouquin ?

— Celui qui est blond.

— Mignon, t'en as de la chance. Je veux bien que tu me présentes le rouquin alors, je te laisse l'autre, rit-elle en s'étouffant presque avec son morceau de tarte flambée dans la bouche.

— Ça va pas. C'est mon thérapeute.

— Lui ? Il est jeune, t'es sûr qu'il a l'âge ?

— Bien sûr, j'ai vu ses diplômes. Et pour info, il a vingt-sept ans.

— Ben ce n'est pas grave, comme ça il a plus d'expérience, c'est moins ennuyeux.

— Si tu le dis.

Je n'avais pas son expérience avec les mecs, j'avais à peine connu deux hommes dans ma vie. Le premier était Christophe, nous nous connaissions depuis le collège et notre histoire n'a duré que deux semaines. J'étais trop jeune et pas du tout prête pour ça. Nous n'étions encore que des gamins à la recherche d'expériences de grands. Et il disait que j'étais belle. Je ne me voyais pas ainsi, ni à l'époque, ni maintenant. Le second m'avait démoli le coeur avec ses propos. Nous avons passé neuf mois ensemble, et il m'a quittée pour une fille sans forme, prétextant que j'étais trop grosse pour mériter son amour.

Furtivement, je jetai un regard à la table de Simon. Il se trouvait à l'autre bout de la salle. Il me saluait d'un geste de la main que je lui renvoyai avec bonheur. Il m'avait vue. Son ami lui tapa l'épaule tout en enchaînant sa discussion. Ses mains accompagnaient ses propos. Son expression était grave et le visage de Simon, affligé. Élisabeth en profita pour les saluer, je sentis son bras bouger dans mon dos. En face de moi, Miss parfaite en faisait de même, ne souhaitant certainement pas louper l'occasion d'appréhender sa nouvelle proie. D'ailleurs, elle ne manqua pas de se lever, prétextant qu'elle voulait trouver le serveur, car il tardait à apporter son verre de vin. La connaissant par cœur lorsqu'il s'agissait de mec, je la voyais se diriger à la table de Simon pour lui glisser quelques mots. Elle était tellement prévisible.

Quelques instants après, elle revenait accompagnée. Notre table était grande, nous avions toujours de la place pour accueillir toute âme qui l'aurait souhaité. Après les salutations d'usage, Simon s'assit à côté d'Élisabeth, ce qui le plaçait tout près de moi, et son ami, à sa gauche. C'était l'occasion d'en profiter pour apprendre à le connaître, du moins, j'essayai de tenter ma chance ce soir-là, « qui ne tente rien n'a rien » comme aimait le dire ma mère. Si son copain n'y voyait pas d'objection, évidemment. Caroline ne manqua pas de changer de place en s'asseyant entre les deux hommes. Miss parfaite dans toute sa splendeur.

La rage m'envahit de la voir prendre du plaisir à cette situation, elle avait presque réussi son pari. Même si je n'avais aucune chance avec lui, je ne pouvais pas laisser ce pauvre homme se faire harceler toute la soirée. J'en profitai donc pour engager la conversation :

— On n'arrête pas de se croiser, lui dis-je d'une voix bien plus marquée que celle que j'employais avec lui jusque-là. Faut dire que nos séances de déshabillage émotionnel ne m'aidaient pas vraiment à me sentir courageuse.

— L'univers en a décidé ainsi apparemment, répondit-il avec son éternelle voix chaude qui me faisait fondre tel un morceau de chocolat que l'on glisse dans sa bouche.

J'aimerais bien être du chocolat fondant dans sa bouche. J'adorerais ça.

La tête de son ami s'avança, me dévisageant au passage.

— Moi, c'est Manu, dit-il d'un ton sec.

— C'est mon cousin, ajouta Simon. Il est venu passer un peu de temps avec moi.

— Le fameux cousin avec lequel tu décorais ta cabane du jardin ?

Un clin d'œil à son cousin, un rire partagé. Leurs complicités étaient belles à voir.

— Oui, c'est lui. Le pauvre, je ne lui laissais jamais le choix, on était tous les deux marqués par des parents qui ont en commun le souvenir que nous avons perdu notre grand-mère à cette période de l'année. Du coup si nous voulions voir le père Noël, il fallait qu'on lui donne envie de descendre par chez nous.

— Simon ne me croyait pas lorsque je lui disais que le père Noël n'existait pas, mais bon, il me faisait tant de peine que je voulais bien jouer le jeu.

— Et donc tu es venu passer les fêtes avec Simon ?

En un instant, leurs sourires disparaissaient de leurs visages.

— J'avais besoin d'avoir mon meilleur ami avec moi.

La voix de Simon tremblait légèrement. Son cousin se pencha vers lui et tapota son dos d'un geste affectueux. Caroline en profita pour poser sa main sur celle de Simon. Une forte chaleur envahit mon corps, et je me mordis la langue pour ne rien dire.

— En ce moment il a besoin de moi.

La voix de Manu s'était adoucit. Et d'un ton espiègle, il enchaîna :

— Surtout qu'il va me prêter son appartement pendant son voyage.

De quoi parlait-il ? Il allait partir quelque part ? Parlait-il des fêtes ?

Le serveur nous déposa la seconde fournée de tartes flambées, chacun se jetant sur sa part avec délice. Élisabeth me chuchota à l'oreille de sa voix toute douce, à peine audible, et me proposa d'échanger nos places. Comment avais-je pu l'ignorer ? J'étais tellement emballée par ma discussion avec l'homme de mes rêves que je lui avais à peine prêté attention.

— Je suis désolée, Élisabeth…

— Je comprends, ce n'est pas grave, me coupa-t-elle tout en se levant pour échanger nos chaises.

En s'asseyant, elle m'informa :

— De toute manière, ça m'arrange, j'ai bien envie d'être près de Loïc, il paraît qu'il a quelqu'un en vue.

— Ah bon ? Qui ça ?

— Ha ! ha ! je ne sais pas encore de qui il s'agit. Il va falloir attendre que je le questionne.

À ma gauche, ma main sentait un doigt l'effleurer. En m'installant, prise dans ma conversation avec Élisabeth, je m'étais collé si près de Simon que nos mains se touchèrent pour mon plus grand plaisir. Je l'observai confuse d'une telle proximité, ne sachant pas si cela l'avait mis mal à l'aise. Je réajustai ma position, et laissai Élisabeth à son interrogatoire.

— Je te sers de l'eau ? Ça ne te dérange pas si on se tutoie ?

Notre complicité naissante nous avait permis cette infraction au code déontologique du thérapeute et de sa patiente. Après tout, nous n'étions pas dans son cabinet.

— Avec plaisir.

— Tu peux aussi me servir, rétorqua Caroline.

Elle était encore là ? Comment avais-je pu oublier la reine mère de ce royaume enchanté ?

— Excuse-moi, je suis malpoli.

Il s'empressa de la servir. Son téléphone sonna au même instant et sa main trembla, lui faisant renverser de l'eau sur la table qui dégoulina jusqu'à la jupe de Caroline. Elle poussa un cri. D'un geste attentionné, Manu posa sa serviette de table sur sa jupe.

— Je suis désolé, s'excusa Simon.

— Il est un peu stressé en ce moment. Je m'occupe de tout cousin.

Manu continua d'éponger, et cela semblait plaire à Caroline.

Alors que nous arrivions au dessert, Christophe lança :

— Qui vient au marché de Noël samedi prochain ?

Ce week-end-là, toute la ville fêterait Noël avec l'incontournable marché de l'année. Un oui général retentit dans la salle. Simon demanda :

— Est-ce que je peux me joindre à vous samedi prochain pour le marché ? Tout seul, ce n'est pas génial.

— Tu m'oublies ou quoi ? s'exclama son cousin.

— Depuis quand aimes-tu aller aux marchés de Noël ?

Manu observa Caroline d'un regard qui voulait tout dire, et l'épanouissement de son visage démontra clairement qu'il était intéressé par elle.

— Ok, on peut y aller tous ensemble, répondit Christophe.

— Ça va être génial, répondis-je à Simon de ma voix la plus sexy possible.

Oups, j'en avais sans doute trop fait. Son magnifique sourire se dessina sur ses lèvres charnues, lèvres sur lesquels je fonderais bien pour y blottir les miennes. Il me donnait l'impression d'aimer passer du temps avec moi. Ma mère avait peut-être raison, moi aussi j'avais le droit au bonheur… et d'être aimée. Et l'espoir fait vivre, paraît-il. Alors, j'espérai aussi fort que possible.

CHAPITRE 11

Samedi 26 novembre
Neuf heures du matin

Je jetai un dernier coup d'œil à mon miroir. Pour ce rendez-vous avec Simon, il fallait que tout soit parfait. Un petit tour de baguette magique, abracadabra noir, eye-liner posé, abracadabra rose et une touche de gloss sur mes lèvres pour accentuer l'effet pulpeux. Un dernier coup de doigts pour placer mes longs cheveux dont les ondulations glissaient jusqu'au haut de mes fesses. Une paire de collants noirs sous mes bottes de lutin, une longue tunique au coloris vert bouteille. Il ne me manquait plus que de fausses oreilles d'elfe pour avoir l'air d'un vrai lutin du père Noël. J'attrapai mon bonnet rose et ma veste rouge en laine bien chaude et j'entamai ma descente dans les escaliers.

— Prête à partir ma chérie ? demanda ma mère de la cuisine.

— Oui, oui, oui ! chantonnai-je en descendant les escaliers légèrement moins grinçants que d'habitude.

Sa tête sortie de l'encadrement de la porte.

— Tu m'as l'air bien heureuse de voir ton thérapeute.

— Oui, oui, oui ! ris-je en terminant de fermer les boutons de ma veste.

Elle m'observa attentivement avec une petite étincelle dans les yeux.

— Comme tu es belle, ma chérie.

— Mais oui maman, tous les enfants sont beaux aux yeux de leurs parents.

— Arrête donc de dire des bêtises, tu es vraiment belle, sauf que tu ne le sais pas encore.

Pour une fois, je voulais bien la croire. Ma mère prit ses affaires, et passa devant moi pour ouvrir la porte d'entrée. Je jetai un dernier coup d'œil au miroir accroché au mur, juste devant l'entrée. Un long miroir qui touchait presque le plafond, et qui me permettait de voir ma corpulence dans son ensemble. Après tout, je n'étais pas si moche que ça, je devais bien l'admettre. Même si j'aurais préféré ressembler davantage à Jennifer Lawrence qu'à Kate Winslet. Mon rêve ? Avoir de magnifiques cheveux blonds plutôt que cette chevelure rousse aux grosses ondulations. Être mince et grande. L'univers en avait décidé autrement, et avait préféré me faire couler avec le Titanic en m'offrant des kilos en trop, et cette étrange ressemblance avec cette actrice. Mais ce soir, je me sentais belle. Et heureuse. Mes crises d'angoisse n'avaient pas refait surface depuis des semaines. Et l'idée de la mort s'était envolée. La seule chose nouvelle en moi, c'était de petits papillons qui m'enchantaient le ventre, le cœur et l'esprit. Ma devise du mois était devenue : « L'espoir fait vivre. Mais seule l'action permet de réaliser ses rêves. » En tout cas, c'est ce que disent tous ceux qui ont réussi. Moi aussi j'allais tenter ma chance, parce que je le valais bien.

Une heure plus tard, ma mère m'avait déposée devant le cabinet de Simon. Cette séance était davantage aux questionnements, fait plutôt rare. Ces consultations étaient plutôt du genre « il faut laisser faire les choses comme elles doivent se faire, ne cherchez pas à contrôler. ». Dans nos fauteuils respectifs, Simon enchaînait les questions. Il avait besoin de comprendre où j'en étais. Nous en étions restés au tutoiement. En fait, cela aurait été étrange si nous étions repassés au vouvoiement. J'étais bien heureuse qu'il ait souhaité en rester à cette nouvelle version de notre relation. Cela me donnait espoir que peut-être je ne me trompais pas, il y avait bien une petite étincelle entre nous qui ne demandait qu'à grandir.

Assis dans son fauteuil jaune poussin, il synthétisait mes réponses :

— Il n'y a plus de tension nerveuse, tu sens que ton corps est soulagé. Peux-tu me dire si tu as eu de nouvelles crises d'angoisse récemment ?

— Non, pas depuis que je te consulte.

— Et au niveau de l'alimentation, est-ce que cela se passe mieux ? Est-ce que tu te lèves encore la nuit pour grignoter ?

— Non, cela fait un moment que ça ne m'est pas arrivé. Je dors même plutôt bien en ce moment.

— Très bien, dernière question, après je te laisse tranquille et on pourra refaire une séance de respiration transformatrice.

Son regard se plongea dans le mien, j'y lus de la tendresse et son envie de ne pas me faire de mal, même si cette question était nécessaire à mon cheminement.

— Est-ce que tu vis mieux la perte de ton amie Émilie ?

Nous voilà à reparler de ce qui m'avait tant bouleversée et dont la dure réalité me blessait toujours malgré les mois qui passaient.

— Mon attention n'est plus focalisée sur elle ou sur la mort, soupirai-je. J'arrive à retrouver du plaisir à être avec les autres. D'ailleurs, j'ai remarqué que c'est surtout lorsque je suis seule à la maison que je ne vais pas bien…

Je marquai un temps de réflexion et enchaînai en reprenant mon souffle :

— La solitude renforce cette

oppression que j'ai dans la poitrine et qui déclenchait mes crises d'angoisses. Cette sensation d'être toute seule, et que je le serai au moment de mourir.

Les yeux humides, il posa sa main sur la mienne.

— Disons que je pense moins au fait que je vais mourir, et à la souffrance que c'est de vivre ça… Lorsque je sens qu'une crise risque d'arriver, je fais ce que tu m'as dit. Je me concentre sur ma respiration, je me positionne correctement pour ouvrir la poitrine, et c'est vrai que ça marche mieux, je ressens moins cet écrasement et j'arrive assez vite à reprendre mon souffle. Mon esprit se calme aussi, mieux qu'avant. Je garde davantage le contrôle sur mes pensées.

La chaleur de sa main apaisait mon agitation. Le réconfort qu'il m'apporta en cet instant était appréciable.

— J'ai une surprise pour toi, me dit-il après un instant de pause.

Il attrapa son sac en cuir et en sortit un emballage rectangulaire provenant de la pâtisserie du coin de la rue.

— J'ai pensé à toi en passant à la

boulangerie ce matin, déclara-t-il en me donnant son présent.

Une merveilleuse surprise s'ouvrait devant mes yeux.

— Un millefeuille.

Il avait osé, moi qui étais au régime pour me sentir mieux dans mon corps.

— J'ai noté que tu adores cette pâtisserie. C'est aussi ma préférée, après la torche aux marrons.

Je le regardai avec étonnement, il aimait donc les sucreries ? Il semblait faire si attention à lui.

— Je te préviens, ce n'est que pour aujourd'hui. Tu pourras le manger après la séance. C'était juste pour marquer l'évènement.

— Quel évènement ?

— Pour te féliciter du chemin que tu as parcouru, je suis vraiment fier de toi, j'espère que tu l'es également ?

— Oui, un peu, merci.

J'avais juste envie de lui sauter dessus et de l'embrasser partout, vraiment partout. Quel amour d'avoir pensé à ce geste si gouteux.

Mon cadeau allait devoir attendre.

Simon m'indiqua d'un geste de la main qu'il était temps que je m'installe pour la séance d'aujourd'hui. Finalement je l'aimais bien ce matelas bleu. Mon corps s'y était habitué. Avec trois rendez-vous par semaine, c'était un peu normal aussi. Simon m'aida à m'installer confortablement comme à l'accoutumée. Je sentais bien que ses gestes étaient plus assumés et protecteurs envers moi-même qu'au début de nos séances. Était-ce juste parce que nous étions devenus amis ? Je souhaitais grandement que ce ne fût pas le cas. Plus je passais de temps avec lui et plus mes désirs me brûlaient de l'intérieur.

CHAPITRE 12

Samedi 3 décembre
Dix-neuf heures

La voiture à peine garée à l'entrée de Mutzig, un au revoir à la va-vite à mes parents, je quittai le parking en direction du centre-ville. Eux aussi allaient profiter de ce moment pour se promener en amoureux au marché de Noël.

La nuit était tombée, et je reconnus quelques têtes qui se camouflaient sous des bonnets et de grosses écharpes. La température de l'air était déjà retombée de plusieurs degrés, laissant place à la vapeur givrée dès que nous échangions nos premières paroles de retrouvailles. Je soulevai ma manche, observant le cadran de ma montre qui m'indiquait que Simon devait être là dans les prochaines minutes. J'avais hâte. Mon cœur s'accéléra rien qu'à l'idée d'être à nouveau en sa présence. Je l'avais vu ce matin pour notre séance hebdomadaire du samedi. Mais ce n'était jamais suffisant pour moi, je ressentais comme un manque lorsqu'il n'était pas avec moi. *Quelle horreur*, je venais de me rendre compte que j'avais remplacé mon manque de millefeuille par cette inépuisable envie d'être avec cet homme. J'avais remplacé une drogue par une autre drogue.

Derrière moi, le son des craquements du givre que l'on écrase me fit sursauter, une main glissa dans mon dos pour me saluer, et le sourire de Simon réchauffa tout mon être. *Mais quelle fabuleuse drogue !* Mon cœur papillonnait de bonheur.

Les yeux dans les yeux, l'air pétillait de mille éclats. J'aurais tant aimé que le temps s'arrête, rien que pour moi et Simon. Et que tout le monde puisse disparaître. Je croisai les doigts dans ma poche… mais non… mon vœu ne fut pas exaucé, soupirai-je intérieurement.

La fontaine de la place centrale était décorée de branches de sapins sur lesquels se maintenaient des bougies étincelantes. Au-dessus de nous, les illuminations ravivaient nos visages d'une douce lumière blanche. Nous avancions dans la rue qui donnait vers la grande place de la mairie, nous arrêtant devant chaque chalet aux multiples objets festifs en cette période.

Mon anniversaire se rapprochait, et comme chaque année, mes parents organisaient une fête le vingt-cinq décembre à midi. Je me doutais bien que c'est de cela que mes amies parlaient devant nous. Leurs regards et messes basses en disaient long. Surtout que le mot « surprise » échappa à Christophe, et Élisabeth lui avait donné un coup de coude dans les flancs pour le faire taire.

— On dirait bien que tes amis te préparent une surprise.

— C'est bientôt mon anniversaire.

Mon groupe de lutins s'était arrêté devant le stand de vin chaud. À un chalet de là, Simon observait méticuleusement une figurine représentant un ange de Noël en argile et peint à la main.

— Tu as prévu de m'inviter ?

— Évidemment, répondis-je le souffle court et le cœur palpitant.

À son rire, j'en déduisis que cela l'amusait. Il m'enlaça de son bras et m'approcha de lui. De l'autre main, il me montra la figurine.

— Qu'en penses-tu ? C'est pour ma mère, un ange pour lui rappeler que même si mamie n'est plus là, elle veille sur elle. Tu trouves ça mignon ?

— C'est pas à moi qu'il faut poser la question, j'adore tout ce qui touche à Noël. C'est clair que cette figurine est trop chou.

— Alors je la prends.

La figurine emballée puis mise sous protection dans son sac, nos amis nous appelèrent pour partager ce moment si important des fêtes de Noël : boire un bon verre de vin chaud aux épices et manger un bretzel. Aux lardons et fromage pour moi. Je ne serais pas Barbara si je n'étais pas un minimum gourmande de tout ce que propose ma région.

Des tables hautes pour poser nos verres brûlants. Des morceaux de bretzel plein la bouche. Simon me marmonnait quelque chose que j'eus du mal à comprendre, il y avait tant de bruit, de musique, de gaieté autour de nous.

— Quoi ? Je n'entends rien, il y a trop de bruit ici.

Son bras encercla mon dos et sa main reposa sur mon épaule, m'attirant ainsi tout contre lui. Son souffle était chaud et se glissait sous mon écharpe, me donnant des frissons tout le long du dos. Ses lèvres effleurèrent ma joue puis mon oreille.

— Cela peut attendre, je te le dirai plus tard, murmura-t-il à mon oreille.

La patience n'était pas mon fort, je le regardai d'un œil interrogateur. De quoi pouvait-il bien vouloir me parler. Était-ce important ? Tout ce qui pouvait venir de lui était important pour moi.

Trois heures plus tard, nous avions bien mangé et bu nos verres de vin chaud. Nos petites emplettes du marché faites, nous étions satisfaits d'avoir participé à la vie locale des petits marchés de Noël de notre région. Nous nous quittions peu à peu, et c'était à mon tour de rejoindre mes parents. La cruelle réalité de ma séparation avec Simon avait sonné. À plusieurs reprises même, ma mère m'harcelait de textos m'informant qu'ils m'attendaient dans la voiture, et que ça gelait là-dedans.

Nous marchions dans leurs directions, leur voiture nous attendait à quelques pas. Simon s'arrêta et me prit la main.

— Barbara, j'ai quelque chose à te dire depuis un moment.

Une porte de voiture s'ouvrit, et une mère en colère en sortit.

— Barbara ! cria-t-elle.

Je me tournai vers elle, la suppliant du regard d'attendre un instant. Mais apparemment, elle n'avait pas compris, le froid avait dû lui faire oublier ce qu'elle m'avait dit il y a quelques semaines.

— Tu as vu l'heure ? Ça gèle ici !

— Je suis désolé c'est moi qui l'ai retenue, je n'ai pas vu l'heure passer, répondit Simon.

Il s'approcha de moi, lâcha ma main et posa un doux baiser sur ma joue.

— On en reparlera une prochaine fois. Dors bien ma belle.

Venait-il de me dire « ma belle » ?

CHAPITRE 13

Dimanche 4 décembre

Affalée dans le canapé, un bol de céréales entre les mains, mon casque audio sur les oreilles. J'écoutais la version audio de la dernière romance de Noël de Lucie Castel, une autrice dont j'adorais l'écriture. Son livre *Comment bien rater son mariage à Noël* était un pur plaisir à écouter en cette période. L'actrice qui lisait ce texte avait une telle joie et tellement d'humour dans son interprétation des différents personnages que le livre était d'autant plus addictif. Cet audio allait être mon préféré de l'année ; c'était certain. Mes rires dénoncèrent à ma mère ma présence dans le salon. Elle ne manqua pas de venir m'y rejoindre.

— C'est à cette heure-ci qu'on se lève ? ronchonna-t-elle.

— Quoi ? dis-je en soulevant mon casque.

Elle s'assit à côté de moi.

— Alors, raconte-moi. Tu n'as pas dit un mot hier soir dans la voiture.

Sa moue si descriptive aurait dû m'inspirer de la pitié, mais j'avais bien envie de la faire attendre un peu.

— Ben vu comment tu as râlé devant Simon, ça ne m'a trop donné envie de discuter.

— J'avais froid, c'est tout. Allez, raconte-moi.

Elle attendit un instant, mais comme rien ne venait de moi, elle insista :

— Ça y est, vous êtes ensemble ?

Le regard éberlué, je rétorquai :

— Tu l'as coupé au moment où il avait une annonce à me faire !

— Je suis désolée. Tu as une idée de ce qu'il voulait te dire ?

— Non, grâce à toi !

— Je ne voudrais pas que tu sois déçue, mais hier soir on a croisé Meredith.

— Ok, et ?

— Je sais maintenant pourquoi Simon ne prend plus de rendez-vous pour l'année prochaine.

— Comment ça ?

— Apparemment il part faire un voyage initiatique pendant quelque temps. C'est sans doute de ça qu'il voulait te parler hier soir.

Toutes mes étincelles d'espoir tombèrent au sol.

— Ok, comme une conne j'ai cru qu'il pouvait être intéressé par moi. J'aurais dû me douter que ce n'était pas possible. Je reste encore et toujours la bonne copine avec laquelle on aime juste s'amuser.

— Ne dis pas ça. Il faut que tu arrêtes. Tu es belle, et je ne suis pas la seule à le dire. Lui aussi te l'a dit hier soir, tu n'as pas entendu ?

— Bien sûr que je l'ai entendu, dis-je d'une voix agacée. C'était juste une façon de parler, aujourd'hui les jeunes disent tous ça.

— Je ne pense pas qu'il l'a dit en l'air, vu comment il te regarde… Arrête de chercher des excuses parce que tu as peur. À un moment donné, il faut se lancer. Je ne veux pas retourner le couteau dans la plaie, mais regarde Émilie.

Elle marqua un temps d'arrêt, sachant qu'elle aurait mieux fait de se taire.

— Je suis désolée ma chérie, mais je suis sûre qu'elle te dirait la même chose. Il faut profiter de la vie aussi longtemps que nous le pouvons.

— C'est vrai, elle m'aurait même mis un coup de pied au cul pour que je me bouge.

La vision d'Émilie dans cette situation raviva ma gaieté. Elle aurait adoré me prodiguer des conseils et me pousser pour que je sorte de ma zone de confort. C'était tellement plus simple pour moi de ne pas montrer mes sentiments que d'oser prendre des risques. Émilie était réservée mais ce n'était pas pour autant qu'elle restait dans son coin si elle voulait quelque chose. « Passe à l'action » et « Affronte tes peurs » étaient ses devises. Sur ce point, elle ressemblait énormément à sa grande sœur.

CHAPITRE 14

Mardi 20 décembre

Ma dernière séance avec Simon. Depuis le marché de Noël, nous n’avions pas repris notre conversation de ce soir-là. Je n’avais pas envie de lancer le sujet, et lui avait sans doute remarqué que j’avais pris mes distances. Il valait mieux que je verrouille mon cœur, il avait déjà suffisamment souffert. J’avais annulé plusieurs rendez-vous, prétextant d’avoir trop de travail à la fac. Et il avait fait avec.

Cependant, je ne pouvais me résoudre

à le laisser partir sans le revoir une dernière fois.

Le trajet du train me semblait interminable. J'avais hâte de le revoir même si je savais d'avance que cela serait difficile pour moi.

J'attendais, sagement installée dans la salle d'attente. Mon cœur ne voulait rien entendre à ma raison, il attendait fermement l'explosion de bonheur que j'allais ressentir en le revoyant. Je ne me rappelais même plus si j'avais déjà ressenti cela un jour. Sans doute lorsque mes parents m'offrirent Loulou, un chien si adorable. Un petit teckel aux poils ras et roux, comme moi. J'étais tellement heureuse d'avoir enfin un compagnon à quatre pattes. Nous étions allés le chercher à la SPA de Saverne. Pauvre petit toutou qui avait été jeté d'une voiture. Heureusement que la voiture qui précédait celle de cette ordure ne l'avait pas écrasé. Cette personne mériterait de se faire écraser par un camion, ou encore pire, c'est elle qui aurait dû mourir dans d'atroces souffrances à la place de ma douce Émilie.

J'adorais à la folie mon Loulou, mais ce que je ressentais en cet instant était bien plus fort. Cet homme me rendait folle. Je savais d'avance qu'il allait me briser le cœur, mais je ne pouvais le laisser partir sans le revoir. Pourquoi devait-il partir ? Peut-être avait-il changé d'avis ?

Alors que j'observais la ruelle comme à chaque fois que je devais attendre dans cette pièce, la porte de son cabinet s'ouvrit, laissant sortir une jeune femme d'à peu près mon âge. Je la regardai s'éloigner, puis quitter le hall d'entrée. Simon, toujours aussi élégamment vêtu d'un de ses trois-pièces qui lui allait à ravir, me souriait. Ma poitrine se serra d'émotions. J'espérais secrètement qu'il ressentait la même chose et qu'il resterait avec moi. Il entra dans la salle, je me levai, et il se pencha vers moi en m'embrassant tendrement la joue.

— J'espère que tu vas bien ? Tu ne t'es pas fait gronder à cause de moi l'autre soir ? s'enquit-il d'un ton mielleux. Je ne voudrais pas que ce soit à cause de ça que tu ne viennes plus.

— Non, tout s'est bien passé. J'avais juste beaucoup de travail.

Son sourire m'avait tant manqué. Il me fit signe d'entrer la première dans son cabinet.

— C'est notre dernière séance.

— Oui, acquiesçai-je.

— Je te propose que nous reprenions une séance de respiration connectée, cette fois-ci je souhaiterais que nous allions un peu plus loin.

— C'est-à-dire ?

— Nous allons passer à la respiration par la bouche. Ce sera un peu plus soutenu. Cela va permettre d'aller chercher plus loin dans ton subconscient et de libérer des charges émotionnelles que nous n'avons pas encore atteintes.

— D'accord, répondis-je d'une voix pas très sûre.

Je trouvais ces exercices déjà prenants. Mais pourquoi pas, si cela pouvait m'aider à me sentir encore mieux, j'étais preneuse.

Tout était déjà en place, le matelas, les coussins, et la fameuse boîte de mouchoirs qui m'avaient servi plus que je ne l'aurais souhaité.

— Tu n'as qu'à faire comme moi. On va débuter la séance par un peu de sport pour que tu trouves le rythme de ta respiration.

— Ok, c'est pas très rassurant ton truc.

— Ne t'inquiète pas, c'est juste qu'avoir la bonne respiration va t'aider dans ton chemin vers toi, me glissa-t-il en allumant une enceinte, et de son smartphone, il mit la chanson *I gotta feeling* des Black Eyed Peas. Ça démarrait fort.

— Les voisins ne vont rien dire ?

— T'inquiète.

Et il se mit à danser, levant un genou après l'autre sur la chanson tout en soulevant les bras à chaque inspiration. Sa chemise, dont les deux premiers boutons étaient ouverts, me permettait de voir son torse se mouvoir à chaque mouvement, ce qui me fit fondre.

— Allez Barbara, rigola-t-il, fais comme moi.

— T'aurais dû me dire que je devais venir en tenue de sport.

La musique m'entraîna avec elle, levant les bras sur chaque inspiration et les abaissant à chaque expiration. Au fil des secondes qui passaient, mon rythme cardiaque s'accéléra, bien que j'aurais préféré qu'il s'accélère en pratiquant une autre activité physique bien plus désirable.

Lorsque la musique arriva à sa fin, il me fit signe de m'allonger sur le matelas. Son bras droit se glissa sous mes genoux et remonta mes jambes. Son torse frôlait mes cuisses, sa respiration me caressait à travers le coton de mon legging. Le coussin triangulaire me volant son bras, une certaine frustration s'installa en moi. J'avais envie de plus de contact. La musique se termina en laissant place à *Global Spirit* d'Etherean.

— Ne t'arrête pas, continue de respirer par la bouche en gardant le rythme de la chanson.

— Oui oui, j'essaie.

Mais ce n'était pas facile. Ce rythme respiratoire, cet air qui entrait en moi si brutalement commençait à me faire perdre la notion du temps. Mon corps bien installé laissait place à une pesanteur de tout mon être. À chaque respiration, je m'enfonçais dans ce matelas laissant place à une béatitude que je ne connaissais pas. Ma tête tournait légèrement, mon esprit se calmait, vagabondant dans différents recoins. Je tentai de continuer à respirer comme il me l'avait demandé, et me laissai guider par le son d'une musique plus douce. Le temps n'avait plus de prise sur moi. Quelques images se montraient à mon esprit, incompréhensibles.

— Ici, j'écoute et j'observe, chuchota Simon en pressant un point près de mon cœur, telle une serrure qu'il déverrouille.

Ma respiration haletante, la bouche ouverte, l'air continuait son va-et-vient en moi à plus ou moins grande vitesse selon mon habileté à garder ce rythme effréné. Mon esprit vagabondait, je ne sais où, laissant place à un grand vide en moi. Mes pensées avaient fini par ne plus me submerger comme elles aimaient le faire. Même si, de temps en temps, elles tentaient une irruption à laquelle je ne m'accrochais pas.

— Ici, j'écoute et j'observe, continua-t-il de sa voix suave.

La musique s'adoucissait, le genre musical n'était plus le même. Elle était plus chaude et enveloppante. J'étais dans un cocon réconfortant. Une douce chaleur émanait de mon cœur, se propageant à mon diaphragme qui se détendait avec soulagement. Un bref instant, une lumière apparut dans mes yeux intérieurs. L'image d'une jeune femme aux longs cheveux bruns planait au-dessus de moi, au milieu d'une lumière si étincelante que j'arrivais à peine à distinguer ce qui se passait. Ses bras s'ouvraient comme pour me faire comprendre que je devais déployer mes ailes. Les ouvrir. Aussi grand que possible.

Une sensation enivrante me renversa dans mon propre corps. Mon diaphragme venait de se relâcher dans son entièreté, tel que je ne l'avais jamais ressenti. Un soulagement intense m'envahit. Je venais de vivre une expérience que je n'oublierais jamais. Venais-je de voir mon ange gardien ? Je ne le saurai jamais, mais j'aimais le croire.

Des larmes jaillirent et percèrent mes cils, se frayant ainsi un chemin vers mes joues porcelaine. Simon, dont j'avais oublié la présence, essuya délicatement mes larmes. J'ouvris mes paupières, l'esprit encore bercé par cette splendide vision d'un ange. Je ne pleurais pas de tristesse, c'étaient des larmes de joie.

Il me regarda, je sentis qu'il avait compris ce que j'éprouvais. Lui aussi avait déjà dû vivre de telles expériences lors de ses formations pour devenir thérapeute. Il me laissa le temps de reprendre mes esprits, restant agenouillé à côté de moi, prêt à me prendre dans ses bras si je lui en avais montré le besoin. Mais à cet instant précis, tout besoin d'amour avait été assouvi par ce que je venais de vivre. J'étais si bien, seule dans ma bulle, dans mon corps, dans mon esprit.

Une dizaine de minutes plus tard, un chocolat chaud m'attendait sur le coin de son bureau. Il y avait glissé quelques chamallows miniatures, des blancs et des roses. Il savait comment me faire fondre de délice.

— Tu m'as donné envie l'autre jour, depuis je n'arrête plus d'en préparer, me déclara-t-il.

— J'espère que cette gâterie n'est réservée qu'à moi, lui dis-je d'un ton taquin.

— Évidemment.

Pendant que nous buvions chacun notre délice de Noël, il ajouta :

— Est-ce que tu veux me parler de ce que tu as vu et ressenti ?

Il adorait que je lui raconte tout ce qui se passait en moi pendant ses séances. Il me semblait bien qu'aujourd'hui, il en connaissait plus sur moi qu'Émilie qui était pourtant ma meilleure amie. Nous étions tellement inséparables.

Sans jugement, il m'écoutait toujours avec attention. Il ne me coupait jamais la parole, comme si tout ce que je lui racontais le fascinait. Il me répondait par des mantras ou des citations inspirantes, toujours sans aucun jugement. Des partages vraiment appréciables.

— C'était très étrange aujourd'hui. Il me semble que j'ai vu un ange dans un halo de lumière qui m'éblouissait tellement.

Son regard semblait fasciné, et je vis qu'il se retenait de me poser une question. Mais il attendit, vaillamment.

— C'était une femme, elle a ouvert ses bras, et sans parler, j'ai compris qu'elle me disait que je devais ouvrir mes bras pour m'ouvrir aux autres, à ce que je ressens… que je devais arrêter de craindre la vie.

Je marquai un temps de pause,

laissant vagabonder mon esprit pour entendre ce que voulait me dire mon cœur.

— En fait, j'ai vraiment eu un sentiment de libération, comme si ce qui me freinait avant, ce qui m'empêchait d'exposer mes sentiments aux autres, n'avait plus sa place en moi. J'ai vraiment l'impression qu'elle me disait de lâcher le passé et de vivre ma vie, d'être heureuse telle que je suis.

Le soulagement se lut dans l'expression de son visage.

— Est-ce que tu as reconnu cette personne ou bien tu ne l'as jamais vue ? me demanda-t-il.

— Je crois… que c'était Émilie. J'en suis persuadée, même si je n'ai pas bien vu son visage. Tout était tellement lumineux. Mais je suis sûre que c'était elle.

Mon cœur se serra contre ma poitrine, mon diaphragme s'écrasa contre ma colonne vertébrale et une montée d'émotions me traversa. Les larmes bordaient mes yeux.

— Est-ce que ça va ? me demanda-t-il en prenant ma main dans la sienne.

— Ça va, en fait je suis partagée entre le fait qu'elle me manque tellement, et cette vision qui me montre qu'elle est mon ange gardien maintenant. Je la sens si proche de moi, comme si elle était là. Qu'elle veut prendre soin de moi.

— Je suis certain que tu as raison. Si tu ressens son énergie près de toi, c'est que c'est elle. Elle a juste envie de t'aider autant que toi tu l'as fait lorsqu'elle en a eu besoin.

Un mélange de larmes de tristesse et de joie me submergea. J'avais besoin de laisser aller tout cela pour aller de l'avant.

À cet instant, je savais qu'elle était pour toujours auprès de moi.

CHAPITRE 15

Samedi 24 décembre

La magie de Noël opérait dans notre joyeuse maison, un CD de chants de Noël glissé dans la chaine hifi du salon. Pour débuter la soirée, j'avais mis celui de Roch Voisine, « l'album de Noël ». Je l'aimais trop celui-là, il était si charmant et le timbre de sa voix me rendait toute chose depuis que j'étais enfant.

Par la suite, je savais d'avance que mon père allait enchaîner avec l'album de Tino Rossi au moment de l'apéro, puis par celui des petits chanteurs à la croix de bois pour commencer le repas, et certainement qu'il remettrait celui de Tino Rossi pour la suite de la soirée. C'était son chanteur préféré. Pendant ce temps, ma mère était occupée aux fourneaux, nous préparant de délicieux mets. Je l'aurais bien vu participer à l'émission « Top Chef ». Elle était la meilleure cuisinière qui existait sur Terre. Tous nos amis auraient fait la queue devant la maison si elle voulait bien y ouvrir un food truck. Ça aurait marché du tonnerre.

N'ayant pas de famille proche, comme chaque année, nous fêtions Noël juste entre nous. Et cela nous allait très bien. Ainsi, nous étions certains de passer le meilleur des Noël, dans la joie et la bonne humeur, sans contrainte ni prise de bec.

Dix-neuf heures passées, mon père était déjà installé dans le canapé en cuir brun. Devant lui, la table basse du salon arborait les premiers mets servant d'apéro. Au menu, un kougelhopf aux amandes croustillantes. Des bretzels au gros sel, aux pavots ou aux graines de sésame encore chauds fumaient sur un napperon en coton blanc. Et une assiette de charcuterie, avec des tranches de jambon enroulées et disposées en rond autour d'un couple très amoureux d'Alsacien en costume traditionnel. Il avait disposé trois coupes de champagne à sa gauche, qu'il remplissait d'un crémant rose aux pétillantes bulles qui crépitaient sous la cascade.

— Voilà tout est prêt, mentionna ma mère en nous rejoignant.

— Et moi, j'ai servi les verres, trinquons à cette soirée, ajouta mon père, fier d'avoir participé.

Il était rarement là, toujours tellement occupé à son entreprise. Alors nous en profitions au maximum lorsqu'il pouvait passer l'une de ses soirées à la maison.

Ma mère s'était parée de ses plus belles boucles d'oreilles en or et en émeraude. Sa longue robe d'un vert sombre était ornée d'une ceinture dorée. L'ensemble rehaussait son teint de porcelaine. C'était d'elle que je tenais ce teint de poupée. Mon père, lui, m'avait transmis ses cheveux roux, les taches de rousseurs et les yeux bleus. J'étais devenu un beau petit mélange des deux êtres les plus chers à mon cœur.

Lorsque vint le moment de passer au

dîner, j'accompagnai ma mère en cuisine pour terminer les derniers préparatifs des plats. Mon père s'affairait à disposer la table, sortant les assiettes du dimanche. Celles en faïencerie traditionnelle. Chacune représentant un décor des fermes alsaciennes autour desquelles il disposa d'anciens couverts en argent. Tout notre patrimoine se tenait là en cet instant.

— Et voilà le baeckeofe de faisan au foie gras.

Je l'aidai à poser ce plat lourd au centre de la table, suivi du saladier dans lequel ma mère avait disposé un mélange de salade verte, de feuilles d'épinards et de roquette. Le tout, parsemé de noix de cajou concassées et de graines de pin. Je me léchais déjà les babines.

Dévorant ce menu avec délectation, et après quelques discussions autour d'un verre (de jus de pommes pour moi), ma mère me questionna :

— Comment cela se passe avec Simon ? Il est avec sa famille ce soir ?

— Sa mère ne fête pas Noël, et elle est en voyage. Il est dans la famille de son cousin.

— Tu l'as invité pour ta fête d'anniversaire ?

— Oui, répondis-je en rougissant.

— Tu sais qu'il est passé à la maison ce matin ?

Ma bouchée de pommes de terre ne fit qu'un tour dans ma bouche. Je l'écrasai avec hargne, et l'avalai goulument.

— Quoi ?

— Je crois qu'il ne voulait pas que l'on sache que c'était lui, mais pas de chance, j'étais à la maison.

— Et qu'est-ce qu'il voulait ?

— Il a déposé un colis pour toi.

Je voyais rouge.

— Et ce n'est que maintenant que tu me le dis ? grognai-je.

— Il m'a demandé d'attendre la fin du repas pour te le donner. Il voulait que ce soit une surprise.

— Où est-ce que tu as mis son colis ?

— Dans l'armoire de l'entrée.

Sans attendre de terminer la dernière bouchée de mon assiette, je courus jusqu'à ladite armoire, et m'empressai d'y trouver mon précieux. Une boite carrée de trente centimètres sur trente, emballée dans un papier doré aux illustrations de guirlandes rouges de Noël, et de bonhomme de neige. Je pris le temps d'observer le soin qu'il avait apporté à cet emballage ; tout était toujours parfait avec lui, au millimètre près. Je tirai sur l'un des fils rouges qu'il avait joliment noués deux fois autour du paquet et fermés par un nœud.

Sous ce papier, se cachait un carton brun. Je l'ouvris à la vitesse de l'éclair, tel que l'aurait fait Speedy Gonzales, la souris la plus rapide de tout le Mexique lorsqu'elle était super pressée. Qu'y avait-il dedans ? J'écartai l'ouverture et poussai les morceaux de cartons découpés qui devaient servir à protéger le précieux présent. Et je découvris une magnifique figurine représentant un ange aux cheveux bruns, faite de porcelaine, aussi blanche que la neige. Elle avait les bras ouverts sur les côtés. Dans chaque main, elle tenait un objet. La gauche avait une baguette magique en forme d'étoile, et la droite une fleur d'edelweiss. Comment savait-il que c'était ma fleur préférée ? Sa robe était trouée d'étoiles, et je devinai que je pouvais glisser sous sa jupe, une petite bougie pour illuminer mes soirées. Un cadeau féérique.

Ma mère me laissa à peine le temps d'en apprécier la beauté qu'elle vint s'installer à côté de moi et me demanda :

— Est-ce que je peux la voir ?

Je la lui donnai en main. En la tournant dans tous les sens pour contempler cette merveille, elle attrapa un petit mot qui était glissé à l'intérieur.

— Donne-le-moi, lui dis-je en lui prenant de la main avec douceur.

« Trouver la paix, c'est accepter aujourd'hui, laisser aller hier, et arrêter de chercher à contrôler demain. »

Il l'avait signé d'un cœur.

CHAPITRE 16

Dimanche 25 décembre

Le grand jour était arrivé, c'était mon anniversaire. J'allais fêter mes vingt ans.
Chez les Muller, l'ouverture des cadeaux de Noël se passait le vingt-quatre au soir, entre le repas et le moment du dessert. Et quelquefois, de petites surprises arrivaient même après le dessert. Nous n'avions pas la patience d'attendre le vingt-cinq au matin, comme cela se faisait dans la tradition. J'ai grandi dans une famille d'impatients. Le repas du vingt-cinq, nous avions pour tradition d'organiser une fête avec nos amis.

Nous fêtions ainsi Noël et mon anniversaire. Ce qui allait changer aujourd'hui, était le fait que mes parents avaient loué la salle des fêtes, comme pour mes dix-huit ans. Faut dire que le passage d'une décennie devait se fêter tel le rite du passage à l'âge adulte. J'entrais quand même dans une nouvelle ère.

Le silence régnait dans la maison. Je venais à peine de me lever et mes parents étaient apparemment déjà partis à la salle afin de tout préparer. Ils aimaient me faire la surprise de la décoration, et moi j'adorais les surprises, du moment que je ne devais pas attendre trop longtemps pour la découvrir.

Mon téléphone ne cessait de sonner depuis ce matin. Loïc avait été le premier à me souhaiter mon anniversaire par texto. Puis Christophe. J'étais étonnée qu'il y ait pensé. D'habitude, il attendait de me voir à la fête. Et ce fut le tour d'Élisabeth, Caroline et sa maman, et pour finir Tessa. Je n'avais aucune nouvelle de Simon, allait-il venir ?

Ce matin, Émilie était dans toutes mes pensées. C'est elle qui s'occupait toujours de tout prévoir pour ces moments-là. Elle amenait peeling fait maison au marc de café déjà passé à la machine, masque à la banane et aux œufs frais de mes poules, crème bon marché fabriquée dans le coin. Ah oui, j'avais failli oublier les ongles et les mains. Il me fallait maintenant me rappeler où trouver un vernis. Ma mère devait bien avoir cela dans sa trousse de beauté. Je pensais pouvoir me débrouiller, cela ne devait pas être aussi compliqué que ça.

Il ne restait plus qu'une heure avant que mes parents ne viennent me chercher. Le ravalement de façade terminé, il était temps que je passe à la suite. Il me fallait bien ça pour que je me sente jolie et sortable, surtout que c'était mon anniversaire. Je devais être la plus jolie possible, d'autant plus si Simon venait se joindre à nous. Peut-être arriverais-je à lui donner l'envie de rester avec moi. Après tout, il n'avait toujours pas parlé d'un éventuel départ.

J'observai mon armoire, espérant qu'une tenue me vienne à l'esprit. Avant, c'était Émilie qui m'aidait à me préparer. Mais là, je me retrouvai toute seule. C'était la première fois.

Je me demandai si je n'allais pas

mettre la même robe que pour mes dix-huit ans. La dernière tenue qu'avait choisie Émilie. Les quelques kilos qui me restaient encore sur les hanches devraient quand même se dissimuler, un peu, sous cette robe. Du moins, je l'espérais.

C'était une robe qui m'allait jusqu'au-dessus des genoux. D'un tissu en satin, tout doux, elle épousait parfaitement ma silhouette, laissant apparaître ma taille qui recommençait à se dessiner. Vive le vélo, et snif aux sucreries. Le tissu se croisait sur le devant, laissant apparaître furtivement ma généreuse poitrine. Sa couleur verte rehaussait mes cheveux roux que je laissai pendre après avoir tenté de dompter quelques mèches qui ne voulaient pas suivre le mouvement de mes boucles naturelles. Je prenais soin de poser un blush au rose très clair sur le haut de mes pommettes, un trait d'eye-liner noir pour accentuer mes yeux, et une touche de gloss rose sur mes lèvres. Exactement comme Émilie l'avait fait l'année dernière. *J'aurais tellement aimé que tu sois là.*

Une heure plus tard, le visage exfolié,

hydraté, les mains et pieds vernis d'un rouge écarlate, je m'examinai devant le miroir posé sur l'évier de la salle de bain. Je ne me trouvais pas si mal, finalement. Je me trouvais même belle. Vraiment. Même si je n'avais toujours pas la taille mannequin, ni de ressemblance avec mon actrice préférée. J'avais quand même un petit quelque chose qui me plaisait bien.

Un coup de klaxon m'avertit que mon père m'attendait devant l'entrée du garage. Je me glissai dans ma veste rouge de lutin, et me précipitai vers sa voiture, prenant garde à ne pas glisser sous le givre qui s'était formé sur le sol enneigé. Mon père m'attendait devant la portière avant ouverte, il en profita pour me serrer fort contre lui. Il me souhaita un « Joyeux anniversaire ma chérie ! » et m'embrassa la joue comme jamais. J'étais pressée d'arriver à la fête, mais je pris quand même un instant pour profiter de cet élan d'amour entre mon père et moi. Nous avions si peu d'occasions d'échanger tant d'affection. Si seulement c'était plus facile de dire « je t'aime » aux personnes qui nous sont si proches. J'aurais dû le dire à Émilie lorsque je le pouvais encore. Même si je sais qu'elle le savait. Nous étions deux âmes sœurs qui se comprenaient sans même avoir à parler.

Encore dans les bras de mon père, je lui avouai :

— Je t'aime papa.

— Je t'aime aussi mon cœur.

CHAPITRE 17

Douze heures

Il était midi et nous pouvions entendre la musique qui semblait résonner à travers tout le village. Peut-être même que l'écho pouvait remonter jusqu'à notre maison, un peu plus haut sur la colline. Mon père avait garé sa Jeep sur le parking de la salle des fêtes. Une dizaine de voitures y était garée. Comme pour mes dix-huit ans, mes amis étaient venus avec leurs parents, ceux qui étaient en couple étaient venus accompagnés. Et au final, cela représentait une dizaine de voitures. De quoi remplir la moitié du parking du village. Cette salle servait autant pour les fêtes que pour les évènements sportifs, c'était également ici que l'on pouvait observer les salons animaliers, de la photo, et bon nombre de mariages. Elle servait un peu à tout. De forme cubique, son toit était moderne, tout en arrondi, ce qui lui donnait une forme originale et futuriste. Un choix douteux d'art pour le coin. Une grande baie vitrée composée de quatre grandes portes ouvrait la vue sur l'intérieur. Je pouvais y voir les convives et la bonne humeur qui s'en dégageait. En montant les quelques marches, je prenais plaisir à regarder les deux faux sapins de Noël décorés de rouge et de doré qui enjolivaient l'entrée. L'apéro était déjà bien entamé, et chaque invité avait déjà son verre en main. Apparemment je m'étais trop fait attendre ? Je vis mon père regarder son téléphone, et lorsqu'il sonna, il m'ouvrit la porte centrale. Pas synchro du tout, j'entendis la voix puissante de ma mère dire à tout le monde que j'arrivais. Comment voulait-elle qu'il y ait une surprise dans un tel endroit, je les voyais tous se tourner et porter un toast avec un grand cafouillage de « joyeux anniversaire Bibi » ou « joyeux anniversaire Barbara » selon les personnes qui me le souhaitaient. Mais cela me fit plaisir quand même. Un beau sourire à tout le monde, et je me dirigeai vers la table du barman. Un mojito dans une main (j'adorais les mojitos) et ma mère à l'autre bras qui me serrait fort en me souhaitant un « merveilleux anniversaire ma chérie ».

Ils avaient engagé le groupe Dedals Rock. Un groupe du coin qui reprenait des chansons pop rock, et un peu de country. Des tables longeaient les murs de manière à laisser de la place pour les courageux qui voulaient danser au centre de la salle. Elles étaient revêtues de papier blanc et décorées par des branches de sapin. Tout simplement. Chaque invité n'ayant qu'à se servir auprès du buffet froid avant de s'installer sur les chaises en bois.

Mes amis m'embrassèrent à tour de rôle. Caroline fut la seule à ne pas être restée avec nous. Elle avait remarqué quelqu'un dehors, et s'était précipitée vers lui. Manu, le cousin de Simon l'attendait sur le perron. J'attrapai le bras d'Élisabeth et lui demandai :

— Tu sais quelque chose sur Caroline

et Manu ?

— Moi ? Tu rigoles, elle ne me raconte jamais rien sur ses flirts.

— Tu penses qu'ils sont ensemble ?

Nous nous approchions de la grande porte d'entrée, pour mieux les espionner. Ils parlaient à voix basse comme si un grand secret ne devait pas être dévoilé.

— Qu'est-ce que tu observes comme ça ? Ton Simon ?

— Chut, faut pas se faire remarquer.

Ma mère avança à petits pas, se collant à moi.

— Des messes basses… Qu'est-ce qu'ils nous cachent, ces deux-là ?

Nos rires dévoilèrent notre position. Caroline s'écarta de Manu d'un grand geste de recul et monta les escaliers pour nous rejoindre.

— Vous n'avez rien d'autre à faire qu'espionner les gens ? demanda-t-elle au passage.

Manu la regarda s'en aller, puis monta à son tour et s'arrêta à notre hauteur. Son regard était vif, un rictus se dessinait au creux de sa joue gauche. Il avait l'air content de lui. Il se racla la gorge, et entra sans même un mot.

— Ok, on n'en saura pas plus pour le moment, prononça ma mère d'un ton enjoué. Mais ils nous cachent quelque chose.

Et elle finit par ajouter en chantonnant « Il y a de l'amour dans l'air » et elle nous laissa à son tour.

— Allez viens, m'invita Élisabeth en partant rejoindre nos amis.

Alors que j'allais la suivre, Simon apparut en bas de l'escalier. Sa longue veste en daim laissait apparaître une chemise blanche dont le col n'était pas boutonné jusqu'au cou. Mais où était donc passé son costume trois-pièces ? Sa tenue, décontractée tout en restant élégante, l'habillait d'un ton léger et pétillant de charme. Sa mâchoire carrée, une mèche de cheveux lui retombant sur le front, son regard empreint de désir me fixait. Je ne pouvais pas me tromper sur ses sentiments envers moi. Ce n'était pas possible que je m'imagine tout cela. Quelle horreur si ça l'était !

J'avançai pour lui ouvrir la porte, le froid me fouetta le visage. Ma robe en satin virevolta et souleva légèrement jusqu'à montrer mes cuisses, et laissa le vent refroidir mes ardeurs. Il souriait à la vue du spectacle qu'il venait d'avoir devant ses yeux.

— Dépêche-toi d'entrer, lui soufflai-je, ça caille.

Il rigola tendrement, et monta les deux dernières marches qui nous séparaient. La chaleur de son corps se fit sentir contre ma poitrine qui se laissait apercevoir par un bustier caché sous ma robe. D'une tête plus grande que moi, il m'offrait le merveilleux spectacle de son regard traversant le mien avec bonheur. Le temps semblait s'être arrêté, rien que pour nous. Il me réveilla de mes pensées en prononçant :

— Joyeux anniversaire ma belle.

Et il avança son visage vers le mien, effleurant au passage mes lèvres qui ne demandaient qu'à ce qu'il s'y arrête le temps d'un échange savoureux. Mais ses lèvres continuèrent jusqu'à ma joue qu'il embrassa chaudement. Mes yeux se fermèrent. Ses lèvres remontèrent vers mon oreille.

— Tu es magnifique ce soir, cette robe te va à merveille. Je voulais que cet instant dure pour toujours.

Il déposa sa veste sur le porte-manteau situé à côté de nous, me prit la main et m'attira vers la table du serveur pour commander deux verres de crémant.

— Vingt ans, ça se fête, dit-il en m'offrant mon verre.

Je savais qu'il ne buvait pas d'alcool, du moins qu'à de rares occasions. Aujourd'hui, j'étais l'une de ses occasions super méga-importantes pour lui. Ça ne pouvait que prouver qu'il avait des sentiments pour moi, n'est-ce pas ?

Loïc et Élisabeth vinrent nous rejoindre, leurs verres à la main. J'en profitai pour lui demander :

— Caroline et ton cousin, ils sont ensemble ?

— Apparemment, mais ils ne veulent pas que cela s'ébruite. En fait, surtout elle, dit-il l'air dégoûté.

— Ça ne te fait pas plaisir ?

— Tout dépend si c'est juste une histoire de cul ou non. Mon cousin a tendance à vite s'attacher, je ne voudrais pas qu'il souffre. Surtout que nous avons d'autres projets.

Son voyage, ça y est.

— D'ailleurs il faut que je te parle de quelque chose.

— Ah bon ?

Je feignis de ne rien savoir, il en avait mis du temps. Allait-il me briser le cœur maintenant ?

— Et puis tout le monde connaît Caroline, nous coupa Loïc.

— Comment ça ? questionna Simon.

— Ben tu n'es pas au courant ? Elle n'est jamais sortie avec un mec plus de trois mois. Elle a besoin de chasser, sinon elle s'ennuie.

— Loïc, les gens changent. Après ce qu'elle a vécu cette année, elle voit peut-être les joies de la vie différemment, ajoutai-je.

Simon me fixa, son étonnement me surprit.

— Je vois que mes leçons portent leurs fruits.

— Je l'espère bien.

La musique s'arrêta un instant et le chanteur du groupe nous fit remarquer que le buffet chaud du repas était servi. Nous pouvions nous installer pour la suite du menu de Noël cuisiné par notre traiteur local. Pas de noms à table, chaque invité pouvait s'installer comme il le souhaitait le long de ces dizaines de tables alignées en C. Mes parents étaient au centre des tables, au fond de la salle, complètement à l'opposé de la scène. J'empoignai le bras de Simon et l'emmenai avec moi.

— J'espère que ça ne te dérange pas d'être à la même table que mes parents ? lui demandai-je avec le risque qu'il refuse.

— Aucun problème du moment que je suis avec toi.

La musique en bruit de fond, Simon nous avait fascinés en racontant ses voyages et ses aventures en tant que thérapeute. Il me donnait envie de voyager avec lui, mais comme mon père ne manqua pas de me le rappeler « je devais d'abord terminer mes études ». Et c'est vrai, je ne m'étais pas battue si longtemps pour être parmi les meilleures de ma classe pour risquer de louper mon examen. Et c'était pour bientôt.

Le repas arrivant à sa fin, Caroline me surprit en passant sa tête entre la mienne et celle de Simon. À cet instant-là, la lumière de la salle s'éteignit, et une voix me fit fondre en larme à l'instant où elle percuta mes oreilles. Une image se projetait sur le mur blanc, juste au-dessus des instruments disposés sur la scène. Je reconnus le doux visage d'Émilie.

« Ma Bibi »

Rien qu'à ces mots, mes yeux s'embuèrent.

« J'imagine à quel point me voir le jour de ton anniversaire va te bouleverser… pareil pour moi. »

Dit-elle la voix vacillante et une larme ruisselant sur sa joue qu'elle tentait de dissimuler.

« Tu fêtes tes vingt ans aujourd'hui, et je ne voulais surtout pas manquer cet évènement. »

Elle inspira d'un grand souffle, aussi grand que la force qu'elle avait ce jour-là le lui permettait. Son teint était pâle, son visage déjà si amaigri par la chimiothérapic. La voyant ainsi, je me rappelai la période où elle avait dû enregistrer cette vidéo. À ce moment-là, elle savait déjà qu'elle ne pourrait plus être avec moi.

Simon posa sa main sur ma cuisse, sa chaleur m'apportant réconfort.

« L'univers nous fait vivre des expériences douloureuses, mais je suis persuadée que ce que l'on doit vivre à un but et doit servir à nous faire avancer… vous faire avancer, vous tous qui êtes dans cette salle. Ce n'est pas parce qu'aujourd'hui la mienne s'arrête ici que cela va s'arrêter pour toi ma Bibi. Au contraire, profite de la vie au maximum, la vie est belle, tu es magnifique ma chérie. Il n'y a que toi qui ne le sais pas. »

Elle me souriait. Elle me connaissait si bien. D'un mouchoir, elle sécha ses larmes, et termina :

« Profite de la vie, savoure chaque instant. Même si physiquement je ne suis plus à côté de toi, je sais que je serai toujours près de toi pour veiller sur ton petit cœur adoré. Je t'aime. »

La vidéo s'arrêta, les bras de Caroline me serrèrent fort, sa joue contre la mienne, partageant nos larmes. Son parfum *Coco Mademoiselle* de Chanel plein de douceur qui fait saliver les papilles m'embauma de ses notes sucrées.

— Elle voulait absolument être présente pour ton anniversaire.

— Merci, lui dis-je encore toute retournée par le cadeau qui venait de m'être offert.

La lumière s'alluma, le groupe se remit à la musique, interprétant *Don't stop me now*, une reprise de Queen. Caroline retourna s'asseoir tandis que ma mère s'éclipsa après m'avoir embrassé la joue.

— Ça va ? demanda Simon.

— Oui, je ne m'attendais pas à une telle surprise, répondis-je d'une voix encore toute faiblarde.

— Elle devait être géniale comme amie.

— Elle était la meilleure amie que l'on puisse imaginer. J'aurais tellement aimé qu'elle soit là.

— Elle n'est pas loin.

— Je le sais maintenant.

Émilie en ange, je la revoyais m'ouvrant ses bras, me réconfortant de son amour. C'est vrai, elle n'était pas loin. Juste là, dans mon cœur.

L'appel de la danse se fit sentir pour certains, et pour d'autres, celui de la digestion. Les invités chantonnaient, d'autres dansaient au centre de la piste. Il ne pouvait y avoir une fête sans que j'aille me trémousser sur la piste.

— Allez viens, invitai-je Simon.

— Très peu pour moi, mais vas-y.

Je ne voulais pas le laisser seul, mais la musique entraînante m'appelait et j'avais besoin de bouger, de prendre du plaisir à danser.

— Je reviens vite.

— Ne te presse pas, profite, c'est ton anniversaire.

D'un pas décidé, j'allai rejoindre Loïc, Christophe et Élisabeth qui étaient en effervescence. Je me trémoussai dans ma robe qui me collait au corps, laissant apparaître mes formes voluptueuses. J'étais heureuse de passer du temps avec ma famille, mes amis et le charmant Simon.

Je lui jetai un regard, un mouvement de la main pour l'inviter à me rejoindre qu'il déclina d'un large sourire. Miss Caroline profita de mon absence pour s'installer à ma chaise, entamant une discussion avec lui. Son air était sérieux. Devais-je retourner m'asseoir ? Si je faisais cela, il me prendrait pour l'une de ces filles possessives. Je retournai donc à ma danse, espérant qu'elle aurait disparu au moment où je me retournerais, c'est-à-dire immédiatement. Leur conversation semblait trépidante. Que me cachaient-ils ? Était-elle déjà passée à sa prochaine proie ?

Christophe s'approcha de moi, et me prit par la taille. Il murmura à mon oreille :

— Tu te souviens de la dernière fois où je t'ai tenue dans mes bras ?

— Qu'est-ce qui te prend Christophe ? lui demandai-je en tentant de me débarrasser de ses mains qui glissaient le long de mon dos pour terminer leurs chemins sur mes fesses.

— Maintenant qu'on est des adultes, tu

n'as pas envie qu'on réessaie ?

— On était des gamins, je ne suis pas intéressée, lâche-moi.

Loïc l'interpella en lui empoignant le bras :

— Arrête, tu as trop bu.

— Je n'ai pas trop bu. Je tente juste ma chance, cela fait si longtemps que j'attends.

— Ne gâche pas tout, lui dis-je en enlevant sa main de mes fesses.

— Je ne veux rien gâcher, au contraire. Émilie a dit de profiter de la vie, non ? Et j'ai toujours regretté notre séparation.

— T'es sérieux ?

— Bien sûr que je le suis.

Une main prenait la mienne.

— Barbara.

Je me tournai pour faire face à Simon qui venait de me rejoindre. Il m'entraîna avec lui par la main et m'attira vers l'entrée, derrière le vestiaire, à l'abri des regards. Il s'approcha si près de moi que tout mon corps frissonna de cette proximité soudaine. Sa main gauche glissa sur le doux tissu de ma robe et se positionna dans le creux de mes reins, tandis que sa main droite m'effleura la joue en continuant son chemin jusque dans mes cheveux. J'en oubliai Christophe et sa demande inattendue. Il n'y avait plus que Barbara et Simon. Ses lèvres effleurèrent les miennes, et d'un mouvement, elles s'imprégnèrent de ma bouche. Un baiser sensuel et long. Nos deux corps s'étreignirent. Je sentis son torse contre ma poitrine, sa respiration était saccadée. Ses bras m'enserraient fort contre lui. Sa langue se fraya un chemin vers la mienne. C'était si bon. La musique nous berçait dans une atmosphère survoltée, le brouhaha des gens qui s'amusaient près de nous, et nous deux, l'un contre l'autre, comme si finalement, nous étions seuls au monde.

— Barbara.

Une voix de femme me ramena sur terre. D'un ton sec, Caroline attendait une réaction de ma part. Elle se tenait à deux mètres de nous. Son air réprobateur me fit redescendre de mon petit nuage de bonheur en une fraction de seconde. Elle fusilla Simon du regard.

— J'espère que tu ne vas pas changer d'avis.

— Non, répondit Simon.

La joie sur son visage s'était éteinte, et la bonne humeur qui se dégageait de lui avait disparu.

Mais de quoi parlait-elle ? Son regard froid se portait à présent sur moi, et en un instant, il s'adoucit.

— Tu dois retourner t'asseoir, ta mère te cherche.

— Tu sais pourquoi ?

— À ton avis ? C'est l'heure du gâteau.

Elle repartit, claquant ses talons hauts d'une dizaine de centimètres contre le carrelage qui résonnait. Simon me prit par la main et m'accompagna jusqu'à ma chaise. Ils me cachaient quelque chose, ces deux-là. J'en aurais mis ma main à couper.

À peine installée à table, la lumière s'éteignit et ma chanson préférée d'anniversaire, Marilyn Monroe chantant *Happy Birthday*, vibra dans toute la salle, accompagnée du chant des convives remplaçant « Mister President » par « Barbara ».

« Joyeux anniversaire. Joyeux anniversaire. Joyeux anniversaire Barbara. Joyeux anniversaire… »

Ma mère arriva, poussant un plateau à roulettes, sur lequel reposait un énorme gâteau d'anniversaire. Elle s'arrêta devant moi afin que je souffle sur les vingt bougies argentées qui ornaient un gâteau au chocolat sur trois étages. Lequel était joliment décoré de fleurs d'edelweiss blanches en sucre, et des dizaines de mini millefeuilles contribuaient à la décoration du plateau. De mon souffle légendaire, j'éteignis les vingt bougies d'un seul coup.

— Tu me mettras deux parts de millefeuille s'il te plait, glissai-je à ma mère munie d'un large sourire jusqu'aux oreilles.

— Évidemment ma chérie, c'était prévu.

A côté de moi, j'entendais les vibrations du téléphone de Simon. Il regarda l'écran mais il ne décrocha pas. Il appuya simplement sur le bouton pour l'éteindre. Perdu dans ses pensées, il ne remarqua pas que ma mère venait de nous servir nos parts de gâteau et de pâtisseries. Je lui pris la main sentant qu'il en avait besoin. Il porta son autre main sur la mienne.

— J'ai quelque chose d'important à te dire tout à l'heure.

Je le regardai, perplexe, qu'est-ce qui pouvait être plus important que d'engouffrer mon millefeuille ? Une petite hésitation et :

— Je t'écoute.

— Après, je ne voudrais pas gâcher ce moment.

— Parce que tu crois que tu peux me laisser comme ça sans terminer ta phrase ?

— Je préfère t'en parler avant de rentrer, c'est mieux.

— Tu sais que je ne suis pas très patiente, ça va me travailler tout le reste de la fête.

— Désolé, j'aurais dû attendre. Je n'ai vraiment pas envie que cela te gâche ta fête.

— Ma chérie, nous interrompit ma mère. Est-ce que tu voudrais bien aller ouvrir tes cadeaux ? Tout le monde t'attend.

Génial, comme si c'était le moment.

Six heures de l'après-midi

Quasiment tous les convives étaient rentrés chez eux. Christophe avait fini par se trouver une copine pour terminer la soirée : ma cousine. Caroline était partie, suivie de près par Manu. Et Loïc était rentré avec ses parents.

— On rangera la salle demain, me dit ma mère en terminant de placer les bouteilles dans un carton.

Simon mettait sa veste en me cherchant du regard. En m'approchant, je lui rappelai :

— N'oublie pas que tu as quelque chose à me dire.

Il soupira.

— Viens.

Il me prit par la main, m'aida à mettre ma veste et m'emmena à l'extérieur. La nuit avait remplacé le ciel gris de la journée. Face à moi, il plaça mon écharpe sur ma poitrine et m'approcha de lui. Son visage dénué de tout sourire m'inquiétait.

— Je dois bientôt partir, m'annonça-t-il d'un ton grave.

— Je suis au courant, je l'ai appris par la mère de Caroline.

— Tu es au courant ? Pourquoi tu ne m'as rien dit ?

— Ce n'était pas à moi de lancer le sujet.

— Oui… Je sais, j'aurais dû te le dire il y a longtemps mais je n'y arrivais pas. Ce que je ressens pour toi est si fort. Tu es comme une drogue dont je n'arrive pas à me défaire.

Je portai mes mains sur le revers de sa veste, et me collai à lui.

— C'est la même chose pour moi.

Il posa ses mains contre les miennes. Son regard doux me donnait de l'espoir.

— Cela fait des mois que je prépare ce voyage en Asie.

Son regard cherchait mon approbation.

— Si tu attends que je te dise de partir, je ne peux pas.

— Il faut vraiment que je parte.

Son regard perdit de sa splendeur. Ses yeux m'avaient quitté pour le ciel étoilé. Son visage était figé.

— Et tu vas partir combien de temps ?

— Au moins six mois, peut-être davantage. Tout dépend comment j'irais.

— Ok... Ces derniers jours, j'avais espéré que tu changes d'avis et que tu restes, pour moi.

— Je suis désolé, mais j'ai vraiment besoin de partir.

Il inspira fortement, réfléchit un instant.

— Cette année a aussi été difficile pour

moi. J'ai besoin de m'éloigner de tout ce qui me ronge, et réaliser l'un de mes rêves.

— J'aurais bien aimé que ce soit moi ton rêve.

— J'aimerais t'emmener avec moi, mais tu as tes examens à passer. Et ce voyage, je dois le faire seul. Je ne peux pas être distrait par ma petite amie.

— C'est quoi comme voyage ?

— Je vais partir vivre quelque temps dans un ashram, j'ai aussi prévu de suivre plusieurs formations. Beaucoup de choses sont encore imprévues, et pour être honnête avec toi, je ne sais pas du tout quand est ce que je vais revenir ni si je vais revenir.

Je manquai de m'étouffer, mon corps bouillonnait.

— Ok… Si tu savais que tu partais, pourquoi m'as-tu embrassé aujourd'hui ? Pourquoi tu me montres de l'intérêt depuis des semaines ? m'esclaffai-je.

— Je suis désolé, je ne m'attendais pas à avoir des sentiments aussi forts. Et être là à côté de toi, j'ai tellement envie de t'embrasser.

Ses yeux bleus étaient devenus vitreux. Sa respiration rapide. Les larmes s'insinuèrent le long de mes yeux.

— Tu m'as fait croire en l'amour, et maintenant tu pars. Je… je..

La panique me gagnait, j'avais du mal à trouver mes mots, je bégayai. Il me prit dans ses bras, me serrant fort contre lui. Son cœur battait la chamade. Il m'embrassa sur le front, et acheva notre discussion :

— Je suis désolé, il vaut mieux que je m'en aille.

Je retins son bras, l'empêchant de partir. Les flocons de neige continuaient à tomber et maculaient mon visage d'un blanc parfait, avant de se liquéfier sous la chaleur de mes joues. Je le regardai avec insistance, tentant de comprendre ce qui venait de se passer.

— Tu ne peux pas faire ça ! lui rétorquai-je, c'est Noël et mon anniversaire.

Ma voix tremblait. Il m'observait de son regard si tendre.

— Je suis désolé Barbara.

Les larmes inondaient mes yeux. J'aurais souhaité mourir dans l'instant tant sa nouvelle venait d'écraser mon cœur d'une poigne ferme aux picots déchirants.

Il essuya ma joue de sa main et y

pressa un dernier baiser avant de s’éloigner. Je le voyai partir sans pouvoir rien n’y changer.

Lui qui avait surgi dans ma vie à un moment où je m’enterrai dans un trou noir infini et avait réussi à me faire sortir la tête de ce gouffre si sombre. Et voilà qu’en une fraction de seconde, il m’y jeta à nouveau d’une grosse claque à la figure.

CHAPITRE 18

Lundi 26 décembre

La tête dans le guidon, les cheveux dans tous les sens, les yeux pourpres de pleurs. Je venais de vivre quelques heures de sommeil rocambolesque. J'avais perdu ma meilleure amie il y a quelques mois, et maintenant l'homme dont j'étais follement tombée amoureuse. Quelle année de merde !

Je descendis dans la cuisine me servir un bol de céréales quand ma mère claqua la porte d'entrée.

— Coucou ma chérie.

— Coucou maman.

— Oh ! dis donc tu as vu ta tête ? s'exclama-t-elle.

— Ça va.

— Tu n'es pas censée être de sortie avec tes amis ?

Je la regardai ôter sa veste.

— Pas motivée.

— Ok, tu veux m'en parler ?

— Pas pour le moment. Tu étais déjà à la salle des fêtes ?

— Oui tout est rangé et nettoyé, dit-elle fièrement.

— Tu aurais dû me réveiller pour que je vienne t'aider.

— Non non, c'était ton anniversaire. Et puis j'ai eu de l'aide, Meredith et Lisa étaient avec moi.

L'horloge indiquait la fin de matinée.

— Onze heures, je suis restée si longtemps au lit ?

— Apparemment, vu ta tête tu en avais besoin. D'ailleurs tu devrais peut-être y retourner, ricana-t-elle en ouvrant le frigo pour en sortir une bouteille d'eau.

— Ha ! ha ! ha ! je ne suis pas d'humeur à rigoler.

— Je vois ça. Écoute, je ne voudrais

pas enfoncer le clou dans la plaie, mais de toute manière tu finiras par le savoir. Alors, autant que je te le dise de suite. Meredith m'a dit que Caroline a prévu de rejoindre Simon en Inde.

— Quoi ?

Je manquai de m'étouffer avec mes céréales. Je toussai pour les faire passer par le bon chemin.

— Elle consulte Simon depuis des mois. Il lui a parlé de son voyage, et elle veut aussi découvrir la vie dans un ashram.

— Mais ça va pas ! Elle dans un ashram ? Mais elle se fout de la gueule de qui ? Elle sait ce que c'est, au moins ?

— Elle n'y tiendra même pas une journée, elle reviendra vite, tu verras.

— Mouais. Quel enfoiré, dire qu'il m'a joué le grand jeu hier soir pour me faire croire qu'il avait des sentiments envers moi, et c'est elle qu'il emmène avec lui.

— Je suis désolée ma chérie. Tu devrais en discuter avec lui, il y a certainement une explication.

Elle s'approcha de moi, me tendit un verre d'eau et ajouta :

— Tout ça, c'est un peu de ma faute.

— Comment ça ?

— Je savais qu'il avait prévu de fermer son cabinet à la fin de l'année.

Je lui lançai mon plus vilain regard de mécontentement.

— Mais je ne savais pas qu'il allait partir, je te le promets. Et lorsqu'on avait discuté de ton cas…

— Mon cas ? dis-je affligé.

— Désolée, de ta problématique… il m'a dit que sa technique fonctionne plutôt rapidement, et qu'il était certain que cela te ferait réagir dans le bon sens. Et qu'à la fin de l'année, tu n'aurais plus besoin de lui.

— Mouais, tu parles. Je me sens vachement mieux aujourd'hui. Il n'est pas question que j'aille le revoir. C'est bon, j'ai ma dose pour cette année.

CHAPITRE 19

Neuf mois plus tard

Devant l'entrée de mon bahut, Charlotte, ma nouvelle amie venait de me rejoindre. Toujours radieuse et zen, ses cheveux châtains volaient dans les airs, tout comme sa jupe vintage avec sa démarche rapide. Ses bottines beiges en cuir d'ananas lui donnaient un style boho chic qui lui allait à la perfection.

— Regarde ce que j'ai trouvé ce matin, me dit-elle en gesticulant dans tous les sens, deux billets à la main.

Je les attrapai. Deux billets de papiers

rectangulaires sur lesquels était imprimée la photographie de Deva Premal et de Miten. Concert « Live on stage » qui se tiendrait au Grand Rex de Paris. Le dix-neuf septembre, de dix-neuf heures trente à vingt-deux heures trente. Rien que ça.

— Waouh, comment t'as fait pour les avoir ? Je croyais qu'il n'y en avait plus.

— Et si ! rigola-t-elle en me les reprenant de la main. J'ai eu un peu d'aide. Yann, un ami de mes parents, en avait acheté pour des clients qui finalement ne pourront pas l'accompagner. Du coup, les voilà, rien que pour nous.

Elle attacha ses cheveux dans un semblant de chignon qui partait dans tous les sens.

— Toujours partante pour aller à leurs concerts ? me questionna-t-elle.

— Évidemment que oui, quelle question.

— Génial.

Elle me prit par le bras, son sourire éternel gravé au visage, salua mes camarades au passage et m'arracha à leurs présences.

— Il faut qu'on aille réserver nos billets

de train, notre nuit à l'hôtel.

— Tu veux dormir à l'hôtel ?

— C'est à Paris, autant en profiter, non ?

Son œil interrogateur était plongé à quelques centimètres du mien.

— Si tu veux, pourquoi pas.

— J'aimerais bien aller visiter le Louvre, ou bien le Jardin des Plantes. Ça te tente ?

Charlotte étudiait l'art. Cela se voyait dans sa manière d'être, comme le fait qu'elle avait toujours de la peinture ou toute autre substance colorée quelque part sur les mains, les ongles ou les bras. Il m'est même arrivé d'en voir sur ses pieds et ses jambes. Peindre une toile avec ses pieds avait été notre dernier délire. Et c'était franchement bien. La peinture qui se baladait entre nos orteils. Nos mains jointes pour ne pas glisser. Ces inspirations d'artiste épanouissaient mes week-ends. Je me devais d'accepter. Surtout que l'idée d'aller découvrir le Louvre ou le Jardin des Plantes faisait partie de ma *to do list* de lieux à visiter. Simon et ses histoires de voyage m'avaient donné envie de créer ma propre liste d'explorations.

— Je suis partante.

— Si déjà on y va, on pourrait faire les deux, me proposa-t-elle.

J'hésitai, mais après tout, ce serait une belle aventure entre copines.

— Du coup on part pour plusieurs jours ? ajouta-t-elle sans attendre.

— Ok, je suis partante.

CHAPITRE 20

Mardi 19 septembre
Vingt heures trente, à peu près

La salle de concert était emplie de monde venant de tout horizon. L'ambiance : était effervescente. Deva Premal et Miten nous subjuguaient par ce qu'ils transmettaient en cet instant. Leur énergie, leurs chants nous amenaient ici et maintenant. Plus rien d'autre ne comptait. Leurs musiques transcendaient nos êtres, et nous chantions avec eux. Du moins j'essayai. Ce n'était pas vraiment le style musical que j'interprétais lorsque j'allais au karaoké avec Élisabeth et Loïc. Sans nul doute que Charlotte était la plus douée. Sa voix douce aux tonalités graves ne demandait qu'à s'exprimer au travers de cette musique. Qui aurait dit, il y a quelques mois, que j'allais rencontrer un tel personnage divin. Et qu'elle m'entrainerait dans ses délires de chants de mantras et de méditation dans son appartement au bord du Rhin. Je l'avais rencontrée lors d'une visite dans la galerie d'art moderne de Strasbourg. Le dessin qu'elle esquissait sur place me fit m'arrêter. Elle ne me remarqua qu'une fois qu'elle l'avait achevé, et mon air gêné l'avait beaucoup amusée. Charlotte me fascinait à tel point que nous ne nous sommes presque plus quittées. Un Nouveau Monde s'ouvrait à moi grâce à sa vision de la vie si étrangère à tout ce que j'avais pu apprendre jusqu'au jour de notre rencontre. Et j'en avais besoin. Méditer, chanter des mantras, marcher en forêt et enlacer les arbres étaient devenus mes nouveaux rituels pour mon bien-être, tant physique qu'émotionnel. Son savoir m'apportait tant. Sans elle, jamais je ne me serais retrouvée ici, à Paris. Jamais je n'aurais osé franchir le pas de partir loin de chez moi.

Accompagnés de leur groupe musical « The Temple Band » Deva et Miten nous transportaient dans un univers de béatitude. Les notes de musiques, les mots qu'ils chantaient nous amenaient vers un état profond de détente et de relâchement. L'énergie collective partagée par chaque personne dans la salle nous enrichissait d'ondes vibratoires puissantes. Tout mon être vibrait.

Le Gayatri Mantra était mon mantra préféré, et l'entendre en live était tellement puissant. En cet instant, je me sentais tellement alignée en mon cœur. Mes centres d'énergies étaient en effervescence et bouillonnaient de positivité. Ce mantra signifiait tant pour moi :

« Oh Dieu ! Toi qui donnes la vie, qui enlèves la souffrance et le chagrin,

Et qui accordes le bonheur,

Oh ! Créateur de l'Univers, puissions-nous recevoir ta lumière suprême qui détruit le péché, puisses-tu guider notre intellect vers la bonne direction. »

Je chantai, fredonnai en moi. Tout se

mélangeait dans l'extase de ce moment partagé avec mon amie et ces inconnus autour de nous. Étrangers, qui, en quelques chansons, faisaient partie d'un tout. Nous ne faisions tous qu'un. Qu'une seule et même énergie positive.

Comme tout bon moment, il y a une fin. Lorsque le moment de quitter Le Grand Rex arriva, les gens avancèrent vers les sorties, sans grande hâte. Nous étions tous encore dans cette énergie bienfaisante et apaisante. Dans un mouvement de ralenti. Le sourire hagard et émerveillé par ce que nous venions de vivre. Les yeux lubrifiés et lumineux de joie. Charlotte s'accrochait fermement à mon bras gauche que je tenais d'une main pour ne pas la perdre dans la foule. Alors que nous avancions vers l'une des sorties, une silhouette au loin m'interpella. Cet homme se tourna sur le côté pour dire un mot à une jeune femme. Je n'en croyais pas mes yeux. C'était lui. Il était rentré de son voyage. Et accompagné. Ma main se serra sur le bras de Charlotte qui poussa un cri :

— Aïe, ça ne va pas la tête ?

— Désolée.

Je relâchai mes griffes de sa peau, continuant à espionner Simon. Il était de retour et n'avait même pas cherché à prendre de mes nouvelles.

— Qu'est-ce qu'il y a ?

— C'est Simon.

— Simon ? Il est ici ? Je croyais qu'il était en Asie !

— Apparemment il est rentré, répondis-je d'un ton dégouté.

Elle m'enserra davantage, et son regard chercha dans la foule.

— Il est où ?

— À une vingtaine de mètres devant nous, tu vois la femme tout habillée en orange ?

— C'est lui Simon ?

— Oui.

— Ok, allons-y.

Elle me tira en sa direction.

— Qu'est-ce que tu fais ? Il va nous voir.

— C'est le but, il est temps que tu lui en foutes une là où je pense.

— Non, mais ça va pas ! Je ne veux pas qu'il me voie.

Elle continuait à avancer, poussant les gens.

— Pardon pardon, disait-elle au passage.

— Arrête.

À une dizaine de mètres de lui, je me plantai là de tout mon poids. Et du poids j'en avais à revendre, surtout menu comme elle l'était. Simon se retourna comme s'il m'avait entendue. Il regarda en ma direction. Je me jetai au cou de Charlotte et l'embrassai. D'un œil que j'ouvris discrètement, j'observai s'il regardait toujours en ma direction. Non. Je relâchai ma pauvre victime.

— Non, mais ça ne va pas, m'interpella-t-elle. Je t'aime, mais pas à ce point.

— Il allait me voir.

— Ok, ben j'espère qu'il t'a vue et qu'il a les nerfs de te voir avec une fille super comme moi.

Elle s'essuya la bouche de son avant-bras, replaça ses cheveux comme si je l'avais décoiffée et se rattacha à mon bras.

— Allez, on y va.

Simon avait disparu.

CHAPITRE 21

Samedi 9 décembre

C'était jour de fête dans tout le village avec le traditionnel marché de Noël de Mutzig. Et comme chaque année, avec ma bande d'amis, nous nous retrouvions le samedi en fin d'après-midi pour nous y balader, y faire nos emplettes et y déguster nos mets préférés de la saison.

— Hey, salut les amis, dis-je en embrassant Loïc, l'éternel célibataire, ou plutôt le malchanceux qui n'arrivait pas à trouver l'homme de ses rêves. Christophe et ma cousine Benjamine, qui finalement ne s'étaient plus quittés depuis mon anniversaire de l'an dernier. Élisabeth, seule, son petit ami travaillant au marché de Noël de Strasbourg n'avait pu se joindre à nous. Et Caroline, éternelle à elle-même. Elle était rentrée de son périple à peine deux semaines après son départ avec Simon. En ayant fait une escale par Phuket où Manu l'avait emmenée pour lui demander sa main. L'ironie de la situation est qu'elle avait accepté. Je ne comprenais toujours pas pourquoi elle était partie avec Simon si elle était amoureuse de Manu. Depuis son retour, elle était partie habiter avec lui, et nous rejoignait que rarement.

Les rues débordaient de monde émerveillés par les décorations, et surtout, par l'ambiance de Noël. Les lumières qui se balançaient au-dessus de nos têtes, sous le vent glacial de ce mois de décembre, étaient les mêmes que l'an passé. Des bougies blanches. Un pincement au cœur me rappelait ce que j'avais perdu il y a un an. Mon Émilie. Mais aussi la présence de Simon. Son charme réconfortant, ses sourires, son regard malicieux me manquaient tellement. Neuf mois après et il occupait toujours mes pensées.

La musique folklorique de notre région résonnait dans les haut-parleurs de la rue. Comme chaque année, nous avions droit à un concert de Noël sur la place de la Mairie. Nous nous étions installés à la devanture d'un des chalets proposant le traditionnel vin chaud aux épices de Noël, qui nous réchauffait les mains et les papilles. Quelqu'un tapota mon dos au travers de mon épais manteau en laine. Charlotte venait d'arriver. Je lui tendis son verre encore fumant.

— Merci, tu as bien reçu mon SMS, sourit-elle de ravissement. Mmh, trop bon… Alors, ne commence pas à stresser, mais je viens de voir Simon.

J'avalai d'un coup, me brûlant la gorge.

— Ok, j'aurais mieux fait de me taire, ajouta-t-elle.

Mon cerveau explosa et je tournai la tête de tous les côtés pour le voir arriver.

— Il est encore à la fontaine.

— Il est accompagné par la fille du concert ?

— Oui, désolée, dit-elle d'un ton attristé

pour moi.

— Ce n'est pas grave, je me suis faite à l'idée.

Elle me tapota le dos comme si elle pensait que cela pouvait me réconforter. Ben non, ça ne marchait pas.

— Là, tu n'arranges rien.

— Au temps pour moi.

Et elle enleva sa main.

— Cela fait quelque temps que je voulais t'en parler, mais je ne savais pas trop comment aborder le sujet.

— Vas-y je t'écoute.

Une main tenant mon verre de vin chaud, et la seconde un restant de bretzel aux lardons et fromage que j'engouffrai d'angoisse. J'étais prête à l'écouter, mais mon regard se porta sur l'arrivée du couple Simon et sa charmante brunette qui venait de passer le virage, continuant leur chemin dans l'allée des chalets de bois. Ils avançaient dans la seule direction qu'avait ce marché de Noël, celle qui donnait accès à la salle du foyer où des exposants attendaient nos visites, et qui, par la même occasion, était la mienne. Mon cœur pris de panique, je me retournai pour me dissimuler au milieu de mes amis qui étaient en pleine discussion sur les prochains marchés à visiter en ce mois de décembre. Chaque année, j'aimais aller visiter celui de Strasbourg, de Kintzheim et le plus merveilleux pour moi, celui de Ribeauvillé. Il me fallait donc batailler pour les mettre dans la liste.

Ma respiration était saccadée, j'avais presque du mal à respirer et je sentis la chaleur me traverser pour teinter mes joues de rouge.

— Allez ma puce, ignore-le, me dit Charlotte de sa voix douce et réconfortante. Respire et tout ira bien.

Je respire… Respiration au carré… toute mon attention était focalisée sur cette fameuse respiration censée m'aider à me calmer. Et c'est vrai, cela me permettait de me recentrer, et de m'apaiser, un peu. Il n'était pas question qu'il me gâche cette soirée qui me tenait autant à cœur. La période de Noël devait être tout ce qu'il y a de plus magique. C'était mon moment de bonheur absolu, d'enchantements en tout genre, et surtout pas de tristesse à cause d'un homme qui avait préféré partir à l'autre bout du monde que de rester avec moi.

Tandis qu'ils se rapprochaient de nous au fur et à mesure qu'ils observaient les stands des marchands de rêve, Caroline l'aperçut.

— Simon ! Simon ! l'appelait-elle tout en gesticulant son bras afin qu'il ne puisse pas la louper.

— Elle ne manque pas d'air après ce qu'elle m'a fait, marmonnai-je suffisamment fort pour que Charlotte me pince le bras.

Simon lui souriait, jusqu'à ce qu'il m'aperçoive non loin d'elle. Il me fixa un instant, songeur, dit un mot à sa compagne, et s'avança vers notre groupe. À peine avait-il atteint Caroline pour une embrassade amicale, puis salué tout le groupe, qu'il fit le tour en ma direction. Prise de panique, je m'écartai d'un pas, puis pris la fuite. Charlotte se dépêcha de me suivre.

— Barbara, arrête.

Je ne pouvais pas me retourner au risque de le voir s'approcher trop près de moi.

— Arrête, insista-t-elle m'attrapant par le bras dans la précipitation. Mais qu'est-ce que tu fais ? me demanda-t-elle. Tu ne peux pas nous laisser en plan juste parce qu'il est là.

Je me tournai vers elle, jetai un coup d'œil vite fait afin de m'assurer que nous n'étions pas suivies. Il était resté auprès du groupe, continuant à m'observer. L'expression de son visage était triste. Il semblait avoir quelque chose à me dire, mais je ne me sentais pas prête. Je ne souhaitais pas l'entendre me raconter ses histoires, et encore moins sa rencontre avec cette magnifique créature qui se trouvait à sa droite. J'avais suffisamment souffert de le voir partir avec Caroline.

— Barbara regarde-moi, je sais que c'est difficile pour toi, mais tu ne peux pas le fuir pour toujours. Surtout que mes parents m'ont appris quelque chose ce matin. J'attendais ce soir pour te le dire.

Loïc nous rejoignait.

— Qu'est-ce que tu fais, tu veux partir parce qu'il est là ?

— C'est à lui de partir, m'esclaffai-je.

— Reviens avec nous, tu ne vas pas faire le marché de Noël toute seule. C'est la tradition, on y va tous ensemble, comme toujours depuis qu'on est petit.

— Je ne reviens pas tant qu'il est là.

— Ok, écoute, c'est Noël et c'est le moment du pardon et de la générosité. Tu ne peux pas lui en vouloir toute ta vie d'avoir eu besoin de faire son expédition, et de faire je ne sais quoi dans son ashram machin truc. Tu ne sais même pas pourquoi il en a eu besoin, tu lui as demandé ?

— Non, le regardai-je d'un œil interrogateur.

Cela ne m'avait même pas traversé l'esprit d'essayer de comprendre sa décision. La seule chose qui m'importait était mon propre malheur qu'il m'avait infligé par son départ.

— Allez, viens.

— Il est accompagné, ça ne me donne pas du tout envie de passer du temps avec eux ce soir.

— Elle ? Tu rigoles. C'est toi qu'il dévore des yeux, pas elle. Tu ne te rends même pas compte de la chance que tu as, il est de retour, et son regard en dit long sur ce qu'il aimerait te faire, je te le dis, j'aimerais bien m'en trouver un comme ça.

Une main dans le dos, il me poussa, m'obligeant à rejoindre le groupe. Mes bottines tentaient de retenir le sol, mais en vain : la fine couche de neige lui permettait de gagner sur ce terrain glissant.

— C'est bon, lui dis-je. Je viens.

— J'adore avoir le dernier mot avec toi.

— Je sais, profites-en… profite.

Il souriait, et d'un pas plus rapide, il rejoignait nos amis qui avaient avancé d'un stand de bretzels à celui proposant des boules de Noël faites à la main, de la cristallerie de Meisenthal.

Simon était resté au stand précédent avec la jeune femme. Ils se faisaient servir leurs bretzels, dont l'une fumait encore et dégoulinait de fromage.

Nous avancions de stand en stand, notant ce qui avait changé par rapport à l'année dernière. Rien ne changeait vraiment ici. Mutzig proposait un petit marché des créateurs locaux comparé à l'énorme marché de Noël de Strasbourg où l'on ne sait plus où donner de la tête, ou encore du médiéval de Ribeauvillé.

Caroline s'approcha de moi. Elle replaça son écharpe sur la gorge, et d'une voix discrète, elle m'expliqua :

— Écoute, on n'a jamais discuté du fait que je sois allée rejoindre Simon à l'ashram. C'était un sujet un peu compliqué pour moi, d'autant plus à l'époque.

Elle me fixa, yeux dans les yeux.

— Tu sais, c'était aussi une période difficile pour moi. Et on n'a jamais été vraiment proche toutes les deux… Disons… Tu vois, même si on a les mêmes amis, je n'ai jamais eu cette complicité avec toi comme ma sœur l'avait. J'ai toujours été un peu jalouse de toi à cause de cela.

Je la regardai stupéfaite.

— Jalouse de moi ? Tu sais que ta sœur t'aimait plus que tout.

— Je le sais, mais c'est avec toi qu'elle partageait tous ses moments. Nous n'avions pas vraiment les mêmes centres d'intérêt. En fait, on n'en avait carrément aucun.

— Ça, c'est certain, vous étiez très différentes, mais tu resteras pour toujours sa sœur bien-aimée.

— Pour en revenir à Simon, il n'y a jamais rien eu entre lui et moi. Je voulais que tu le saches. À la même époque que toi, je le consultais également. Je ne me sentais vraiment pas bien, tout m'étouffait ici. C'est là qu'il m'a parlé de ce qu'il venait de vivre quelques mois plus tôt et de son besoin de partir faire un voyage initiatique.

Je la regardai, perplexe. Quelque chose s'était passé, et après toutes nos discussions, il n'avait rien partagé avec moi de ce qui le rongeait. Je la laissai continuer ses explications :

— L'ashram, c'était nouveau pour moi, et j'avais tellement envie de partir loin d'ici. Alors je lui ai demandé si je pouvais l'accompagner, je ne voulais pas partir seule. Mais bon comme tu le sais, ce n'était vraiment pas fait pour moi. Et puis Manu a vite fait de m'y rejoindre pour m'en sortir. Je lui manquai trop, souriait-elle, le regard songeur de bonheur.

— C'est bien d'avoir tenté l'expérience, tu as été courageuse de faire un tel périple. Je ne sais pas si j'en aurais été capable.

— Avec lui, je suis certaine que tu t'y serais plu. Il suffit de voir ton évolution depuis que tu fréquentes la sorcière blanche du village, rigola-t-elle en prenant Charlotte dans ses bras.

— Ouais ouais, rigole encore et je te jette un sort la prochaine fois que je vais danser nue dans la forêt.

En une fraction de seconde, nos têtes se tournèrent vers notre esprit des bois.

— Tu danses nue dans la forêt ?

— Cela m'arrive, rigola-t-elle en s'en allant tout en dansant dans la ruelle, au milieu des chalets en bois, de la musique folklorique et des lumières festives.

Sa longue jupe de velours violet, virevoltant sous sa veste molletonnée qui lui arrivait jusqu'aux lombaires.

— Je voulais aussi te demander si tu voulais bien que l'on prépare les fêtes comme on le faisait chaque année. Ma mère aimerait reprendre notre tradition de préparation des couronnes de Noël. Cela te tente ?

— Oui, j'aimerais beaucoup.

Elle m'enlaça de tout son cœur.

— Allez les filles, venez danser, chantonnait notre ensorceleuse.

Charlotte nous attrapa par les bras, et nous devenions une belle couronne de filles chantant sous la neige qui recommençait à tomber. Les flocons nous rafraichissaient le visage. Les badauds nous regardaient de leurs airs étranges. C'est sûr, ce n'est pas tous les jours qu'il y a des danseuses tourbillonnant au milieu de la place de la Mairie. Nos rires étaient communicatifs, et nous prenions plaisir à voir les gens rigoler. Le bonheur était de mise en cette période des fêtes. Les flocons ne s'arrêtaient pas de tomber, et les premières boules de neige s'envolèrent pour s'éclater contre les garçons qui ne manquèrent pas de répliquer. Une énorme bataille de boule de neige débuta alors que nous passions le portail du foyer de Mutzig.

Simon nous regardait de l'allée des stands. Son sourire était de retour. Il me souriait. Les frissons qui me parcoururent en le dévisageant me rappelaient à mes bons vieux souvenirs de nous deux, le cœur papillonnant. Les sentiments que j'éprouvais n'avaient finalement, jamais disparu.

Ressentait-il la même chose que moi ?

CHAPITRE 22

Dimanche 17 décembre
Neuf heures du matin

À peine ai-je eu le temps de me préparer, que nous partions avec ma mère à quelques maisons de chez nous, chez les Rieglert. La maison où a grandi Émilie.

Je poussai le portillon du jardin, les bras chargés de tout le nécessaire à la confection des couronnes de Noël. Ici, tout me rappelait sa présence. Rien n'avait changé. Chaque année, les mêmes décorations de faux cadeaux emballés dans du papier plastifié rouge et des friandises géantes en plastique étaient déposés sur le parterre de fleurs dont on ne distinguait plus que les feuilles givrées. Les fleurs dont Émilie prenait soin. Étudiante paysagiste, elle ne pouvait qu'aimer prendre soin de son jardin. Son forsythia avait presque doublé de taille, elle aurait été si fière de voir qu'il avait repris après le malheureux incident que son père avait causé en tentant de l'enlever pour y mettre à la place un bassin à poisson. Bassin qui finalement trouva un meilleur emplacement de l'autre côté de la maison.

Le froid glacial de ce matin nous avait congelé sur le trajet, aussi court qu'il fût. Ma mère eut le courage de sortir sa main droite de sa poche, et sonna à la porte. Meredith ouvrit quasiment au même instant. Se cachait-elle derrière la porte ? Cela ne m'aurait pas étonnée. Elle savait toujours tout sur tout le monde à force de passer ses journées à la fenêtre et à côtoyer tout le monde au marché de Mutzig. La parfaite petite commère.

— Coucou ! annonça-t-elle sans attendre.

— Tu nous attendais avec impatience, répliquai-je de ma bonne humeur matinale, une petite pointe de fumée froide sortant de ma bouche.

D'un pas rapide, nous entrâmes dans la maison, abandonnant nos bottes givrées à la solitude de l'entrée. Nos vestes posées à la hâte sur le porte-manteau doré du couloir et nos sacs sous les bras, nous avançâmes dans la salle à manger où nous attendait Caroline.

— Hey salut les filles, nous salua-t-elle chaleureusement.

— Va à côté de Caro, dit Meredith en passant derrière moi. Lou-Anne, toi, tu sais où aller, on fait comme d'habitude.

Je sortis de mon sac quelques branches de sapin que j'étais allée couper en forêt la veille, du fil de fer argenté, quelques petites boules roses et d'autres plus petites teintées d'argent. Et quelques pommes de pin.

— Tu veux faire une couronne pour décorer ta porte d'entrée ? Ou une couronne de l'Avent ? m'interrogea Caroline.

— J'ai envie d'en faire une pour décorer la porte d'entrée, et toi ?

— Comme toi.

Nos mères s'attelèrent à préparer les

couronnes de l'Avent bien que nous ayons largement dépassé les dates pour allumer les bougies. Quelques pointes de colle chaude, et le tour était joué pour voir apparaître les chandeliers qui porteraient les bougies.

— Dis voir Barbara, qu'est-ce que ça donne avec Simon ?

La commère venait de refaire surface.

— Comment ça ? fis-je semblant de ne pas comprendre.

— Il est de retour depuis un moment, je pensais que vous vous étiez remis ensemble. Vous faisiez un si beau couple l'année dernière.

— On n'est jamais vraiment sorti ensemble. Tu sais depuis quand il est ici ?

— Depuis fin septembre il me semble.

— Génial, comme toujours je suis la dernière à le savoir.

— Désolée, je pensais que tu le savais. J'en avais parlé à ta mère.

— Maman ! m'esclaffai-je.

Je fusillai ma mère des yeux. Son regard était nerveux et ses joues devinrent rouges, elle me notifia :

— Je ne savais pas comment te le dire.

Tu as dit que tu ne voulais plus jamais le revoir, qu'il t'avait brisé le cœur en partant... Je ne voulais pas raviver cette douleur, ma chérie.

— Tu aurais dû me le dire.

L'envie de partir me gagnait.

— Ma chérie, excuse-moi, me supplia-t-elle.

Que pouvait-elle bien y faire ? Elle ne pouvait pas savoir qu'en mon for intérieur, je ne rêvais que de lui depuis que je l'avais rencontré.

— Meredith, du coup comme tu sais toujours tout, tu sais peut-être pourquoi il est parti ?

Son expression était perplexe. J'avais titillé un sujet dont elle n'avait pas la réponse. Caroline me tapota l'épaule.

— Je ne crois pas qu'il en ait parlé à quelqu'un d'autre qu'à moi, me dit-elle.

— Qu'est-ce qu'il t'a dit ? s'enquit sa mère avec curiosité.

— C'est personnel maman, s'il n'a pas envie que cela s'ébruite ce n'est pas moi qui vais le répéter.

— Et à moi, tu peux le dire ? lui demandai-je, inquiète.

— Je suis désolée. Tu devrais avoir une discussion avec lui.

— Je ne peux pas. S'il avait eu envie que je le sache, il me l'aurait dit à l'époque.

— Il n'a peut-être pas osé. C'est une histoire qu'il a très mal vécue, et dont il n'est pas très fier. Il souffre énormément de ce qui s'est passé, et certainement qu'il ne voulait pas t'inquiéter.

Ne pas m'inquiéter ? C'est justement son silence qui me persécute.

CHAPITRE 23

Samedi 23 décembre

Soirée à la patinoire. J'adorais patiner. Enfin, c'est le souvenir qu'il me restait de la seule et unique fois où j'en avais fait. Je devais avoir cinq ou six ans. Mon père avait eu le courage de m'apprendre à tenir sur des patins. Il m'avait emmenée jusqu'à la patinoire « L'iceberg » à Strasbourg. Bien loin de chez nous. Le souvenir que j'en avais était plutôt festif même s'il me semblait que j'avais passé davantage de temps le cul collé au sol que tenant sur mes gambettes. Et ce soir, j'allais retenter cette expérience avec mes amis. Nous allions nous amuser à la patinoire qui se trouvait sur l'une des places les plus connues du marché de Noël de Strasbourg : la place Kléber.

— Vous avez eu une super idée de proposer d'aller à la patinoire, je suis trop contente, m'extasiai-je en fermant les lacets de mes patins à glace.

Emmitouflée dans mon gros col roulé blanc torsadé et mon jean moulant qui mettait en avant mes fesses galbées et ma taille, je me sentais à l'aise et heureuse de m'accepter enfin telle que j'étais. Charlotte était un bon professeur en développement personnel.

À quelques pas de moi, Loïc trébucha sur un beau mec qui le rattrapa de justesse avec un sourire à en faire pâlir plus d'un. Christophe était également de la partie, accompagné de ma cousine. J'étais heureuse de les voir ensemble, ils formaient un couple charmant. Ma Charlotte était accoudée à l'étagère des casiers et elle tentait d'ensorceler un mec plutôt mignon. Il ne manquait que Caroline qui était partie dans la famille de Manu pour passer les fêtes, ses parents la rejoignant le lendemain pour faire la connaissance des futurs beaux-parents de leur fille. Comme cela était étrange d'imaginer Caroline se marier. Surtout avant moi.

Je regardai mes amis et leur demandai :

— Vous n'allez pas me laisser seule quand même ?

Un non résonna au milieu de l'animation du marché.

— Ok, parce que là, ça casse un peu l'ambiance des fêtes.

— J'arrive, me lança Charlotte dont le mec qu'elle caressait du regard était parti rejoindre une autre donzelle sur la piste.

— On est à Strasbourg, tu as l'embarras du choix ici, la rassurai-je.

— Je ne suis pas pressée, ce n'était pas la bonne âme pour moi.

Loïc était déjà parti sur la piste avec le bel inconnu, son sauveteur.

— Il ne reste que nous. Allons-y lança Christophe, main dans la main avec son amoureuse.

Ils s'en allèrent à grande vitesse sur la piste tandis que je m'accrochais au bras de mon pilier.

— Tu es sûre que tu es déjà allée à la patinoire ?

— Il me faut juste un petit temps d'adaptation.

Mes jambes tentaient de rester droites dans leurs patins, qui eux, ne souhaitaient que me tordre les chevilles. Charlotte m'aida à me tenir à la palissade, qui devint ma meilleure amie pour les minutes qui suivirent. Elle fit quelques tours de pistes, quelques pirouettes pour terminer en grand aigle, puis me rejoignit.

— Ok, je vois que tu vas souvent à la patinoire.

— J'ai fait quelques années de patinage artistique là où j'habitais avant.

— Super, la regardai-je envieuse.

Mes pieds commençaient doucement à s'habituer aux mouvements de glisse, et je pris confiance.

— Donne-moi la main, on va y aller doucement.

Je lui tendis ma main, et avançai d'un pied rassuré. Plus nous avancions dans les tours de la piste, et plus je me sentais sûre de moi. Je commençais à me débrouiller.

— Tu vois, je t'avais dit que ça allait me

revenir, j'ai juste besoin d'un temps d'échauffement.

— Je vois ça.

Elle me lâcha la main, et me laissa partir, seule. J'avançai, les yeux fixés droit devant moi. Rien ne pouvait me perturber. J'étais bien concentrée sur ce que je devais faire pour tenir debout. Et je gardais en tête la grande leçon de mon père dont je me souvenais : « Pousse-toi dès que tu vois quelqu'un s'approcher de trop près. » C'est donc ce que je faisais. Je me détournai dès qu'une personne passait dans mon champ de vision et risquait de me faire tomber. Évènement que j'appréhendais : tout mon être était crispé rien qu'à l'idée de m'étaler devant tout le monde. Même si je reconnais que j'avais un certain plaisir à être là et à gagner de la vitesse, cela me rendait nerveuse et raidissait mes muscles. Il ne fallut pas longtemps pour que l'incident arrive. Comme je le redoutais au vu du nombre de barjots du patin qui faisaient des courses de vitesse sur la piste, l'un d'eux me percuta sur le côté, m'envoyant valdinguer vers la gauche puis en direction du sol. Un bras me rattrapa dans ma chute, me souleva et m'amena vers lui. Je me laissai glisser jusqu'à la palissade. Il freina d'un coup de fente sur l'arrière de son patin, et nous voilà plaqués l'un contre l'autre. Confuse, les joues rouges d'un sursaut d'adrénaline, mon visage se leva pour regarder mon sauveur. Éberluée par ma vision, les mots sortirent tout seuls.

— Que fais-tu là ?

— Normalement, on commence par un merci, dit-il d'un charmant sourire.

— Oui, excuse-moi, bien sûr que je te remercie de m'avoir rattrapée. Depuis quand t'es là ?

Son regard bleu azur étincelait de mille éclats d'or. Son sourire était toujours aussi exceptionnellement savoureux à regarder. Il savait me charmer en un clin d'œil.

— C'est Caroline qui m'a appelé pour me dire que tu serais au marché de Noël. Et Charlotte m'a envoyé un texto pour me dire que vous étiez à la patinoire.

Caroline, j'aurais dû m'y attendre. Mais Charlotte ?

— Tu es venu seul ?

— Oui.

— Pourquoi t'es là ?

— Je voulais te revoir, répondit Simon en m'entraînant avec lui sur la piste.

Il me tenait par le bras comme s'il ne voulait plus me laisser partir. Je n'avais plus peur, il était là. Il me protègerait de tous ces badauds qui patinaient sans faire attention aux autres. Charlotte passa devant nous et fit une pirouette pour me jeter un regard amusé, avant de s'en aller aussi vite qu'elle était apparue devant moi.

— Pause… pause.

Il ralentit la cadence, et nous déporta vers la rambarde.

— Je ne suis pas aussi sportive que toi, lui rappelai-je.

Il rigola, et me serra fort contre lui.

— Je suis tellement heureux de te voir. Tu m'as tellement manqué.

Il posa un baiser sur mon front. Je l'entourai de mes bras et le serrai. Sa respiration m'emportait avec lui. J'y devinai de l'agitation et l'excitation. Un mélange d'air glacial de la patinoire et d'air chaud se glissait dans mon cou provoquant en moi un frémissement de plaisir. Le brouhaha des passants, le son clinquant des patins qui frottaient la glace, la musique du marché de

Noël… plus rien ne pouvait nous extirper de ces retrouvailles. Blottie sous la chaleur de ses bras, je sentis ses lèvres m'embrasser le front, puis elles descendirent le long de ma joue. Mes lèvres ne demandaient qu'à rejoindre les siennes qui s'approchaient avec une telle douceur.

— Simon.

— Oui ?

Nos regards se retrouvèrent, si proches. J'avais rêvé tant de fois qu'il soit là, si près de moi. Mais je ne pouvais prendre le risque qu'il me brise à nouveau le cœur.

— Je ne suis pas prête.

— Je comprends.

— Tu ne peux pas revenir comme ça, et faire comme si tu n'étais pas parti.

— Je sais, je suis vraiment désolé. À l'époque, je croyais que c'était ce qu'il y avait de mieux pour moi, et cela m'a beaucoup aidé. Mais pas une seule journée ne s'est passée sans que je pense à toi.

— Alors pourquoi n'es-tu pas revenu vers moi plus tôt ?

— Je m'en voulais tellement. Je redoutais ta réaction. Mais en te voyant l'autre soir, je ne pouvais pas rester à rien faire. Je devais tenter de te revoir.

— Tu m'as aussi manqué, mais je ne suis pas prête à te pardonner.

CHAPITRE 24

Dimanche 24 décembre
Huit heures du matin

J'avais rendez-vous avec mon amie Charlotte à la gare de Mutzig, de très bonne heure. Je l'attendais bien au chaud dans ma voiture. J'avais obtenu mon permis du premier coup cet été. Et pour fêter cela et l'obtention de mon diplôme, mes parents m'avaient offert une Clio. Une ravissante petite voiture blanche qui avait presque la moitié de mon âge. Il était évident que le choix de ce cadeau-là les arrangeait bien, ainsi je n'avais plus besoin d'eux comme chauffeurs.

Charlotte me réservait une surprise depuis samedi soir. Elle ne voulait rien me dire, mais je sentais bien qu'elle s'en réjouissait bien plus que moi. Une fois installée dans la voiture, je me devais de la questionner.

— Tu sais bien que je n'aime pas les cachoteries… Allez, dis-moi où l'on va.

— Pas question, je suis trop contente. Je te réserve une sacrée surprise.

Elle gloussa de plaisir.

— Arrête ce supplice, allez.

Elle me dévisagea et ajouta :

— Ta tenue, ce n'est pas trop ça.

Je portai une robe en velours bordeaux et des bottes hautes en cuir.

— Elle est belle ma robe, contestai-je.

— Ça ne va pas le faire, il te faut quelque chose d'agréable à porter, de pratique.

— Pour quoi faire ?

— Ha ! ha ! tu ne m'auras pas. Il faut qu'on passe par chez toi.

— Par chez moi ? C'est loin. On doit aller où après ?

Je tentai ma chance au passage, elle

finirait bien par me donner un indice.

— C'est près de chez toi. Et pas la peine d'insister, tu vas finir par me vexer si tu crois que je vais lâcher le morceau avant d'être arrivées là-bas.

Une fois dans ma chambre, elle se précipita vers ma penderie, et fouilla jusqu'à trouver la tenue idéale, selon elle.

— Tiens, mets ça.

Elle me jeta un legging noir, et une chemise longue en jean que je me dépêchais d'enfiler afin que nous ne soyons pas en retard.

— Stop.

Elle m'arrêta devant le grand miroir de ma penderie et me demanda :

— Alors… quelle note te donnerais-tu aujourd'hui ?

— Tu ne vas pas remettre ça ?

— Si si… Allez, comment tu te sens aujourd'hui ?

Je me regardai dans ce miroir. Depuis que je la connaissais, je m'étais habituée à ce genre d'exercice qu'elle me faisait faire. Elle avait un certain don, et aurait fait une merveilleuse thérapeute.

— Disons qu'aujourd'hui je me mettrais un sept ?

— C'est affirmatif ou tu me poses la question ?

— Je me donne un sept sur dix : je me sens bien, je me trouve plutôt jolie et bien dans ma tête.

Son regard était suspicieux. Elle m'observait attentivement.

— Ok.

— Je me sens vraiment bien, lui confirmai-je.

— Alors je suis contente, c'est tout ce que je voulais entendre.

Elle attrapa ma veste et mon sac.

— Alors c'est parti, nous sommes attendues.

— Comment ça ? On rejoint qui ?

— C'est une surprise.

Et elle s'empressa de descendre les escaliers, et de s'installer dans la voiture.

Dans ma tenue qui devait servir à je ne sais quoi — une activité sportive, mais qui demandait d'être bien habillée au vu de sa propre tenue ? —, j'arrêtai de me casser les méninges et je continuai à suivre ses instructions pour suivre le chemin qui devait nous mener vers son programme « spécial » au matin de la veillée de Noël.

Une bonne quinzaine de minutes de conduite au milieu des bois, j'arrêtai ma voiture sur le parking d'une ancienne ferme au style typique alsacien. Bâtiment blanc, colombage en bois, l'ensemble en cours de rénovation. Dans le creux de la montagne, se situait, d'après le panneau que je pouvais lire :

« Centre Aux portes de Gaïa »

— Où est-ce que tu m'emmènes encore ? lui demandai-je.

— Surprise.

Elle entra dans la grange par une énorme porte en bois. Une musique zen s'en échappait, ainsi que des voix qui discutaient. Je la suivis de très près.

— Tu vas adorer ma surprise, je suis sûre que tu en rêves depuis des jours.

La porte passée, elle me fit signe d'enlever mes chaussures et de les poser sur le plateau repose-chaussure, disposé à ma gauche. Une vingtaine de chaussures y attendaient déjà leurs propriétaires. Je reconnus l'une des chansons de Deva Premal qui provenait d'une salle sur la droite, dont la porte était ouverte. Devant nous, quelques personnes échangeaient sur leurs semaines, leurs pratiques de yoga et de méditation. Je voyais bien que Charlotte était dans son élément. C'était son univers, enchanteur à souhait.

— Papa, maman, voici Barbara.

Deux personnes se retournèrent. L'homme portait un chandail gris sur un pantalon de velours corail. Et la femme était coiffée d'un chignon qui surmontait le sommet de sa tête. Une plume noire bleutée en sortait. Elle portait une longue robe parsemée de fleurs à la mode hippie. Ce ne pouvait être que les parents de Charlotte, nul doute là-dessus. Les chats ne font pas des chiens.

— Bonjour, disions-nous en choeur.

J'ajoutai que j'étais ravie de les rencontrer.

— Le cours va bientôt commencer, dit son père.

— Le cours ? Quel cours ?

— Détends-toi, ça va te faire du bien, tu as besoin de te détendre.

Un son de bol tibétain résonna dans la pièce d'à côté. Au troisième gong, toutes les personnes de l'entrée avaient disparu dans la salle. C'était une très grande salle pouvant accueillir plus d'une trentaine de participants. De grandes baies vitrées ouvraient la vue sur la forêt. Ce qui était merveilleux à observer, surtout si tôt dans la matinée, alors que le soleil commençait à peine à se lever.

Les parents de Charlotte avaient disposé deux tapis de yoga juste devant eux sur lesquels nous prenions place en toute discrétion. Une dizaine de personnes étaient installées devant nous. Au premier rang, je reconnus la jeune femme qui accompagnait Simon partout. Lui avait-il dit qu'il m'avait rejoint à la patinoire ? Et que nous avions failli nous embrasser ?

Mon regard se porta sur chaque personne de la salle. Le lever de soleil commençait à devenir intense dans la pièce, illuminant l'homme qui se tenait au centre. Simon. C'était donc lui ma surprise. Il me souriait, visiblement heureux de me revoir.

Je n'avais donc pas réussi à m'installer discrètement. Son amie me jeta un regard, me dévisageant de la tête aux pieds. Il coupa court à ce supplice en débutant le cours. C'était lui le professeur.

Une bonne heure plus tard, musique douce en fond sonore, quelques sons de jambes qui s'étirent, des vêtements qui frottent, des gens qui bâillent m'avertissaient de la fin du cours.

— Alors Bibi, ça t'a plu ? me demanda Charlotte, allongée près de moi, sa tête tournée vers la mienne.

Je me réveillai à peine de la fin de la méditation. Cette séance m'avait achevée, dans le bon sens du terme. J'avais tant besoin de me détendre, et Simon y était parvenu avec un seul cours de yoga suivi d'une méditation guidée sur l'arbre et ses racines qui s'enfoncent au plus profond de la terre.

— Oui ? marmonnai-je la voix encore tout endormie.

Quelques personnes commençaient à émerger de leurs relaxations, d'autres débutaient déjà le périple de se remettre sur leurs deux pieds. Les parents de Charlotte aussi étranges qu'ils puissent être, était enlacés l'un contre l'autre comme s'il n'y avait eu personne d'autre dans la salle. Leurs visages étaient doux, les muscles relâchés, leurs fronts se touchant délicatement. Beaucoup d'amour émanait de leur être.

— Ne fais pas attention à eux.

Charlotte se releva doucement pour s'asseoir en tailleur. Ma tête tourna davantage vers la droite et je tentai de voir Simon. Il était assis en tailleur, les genoux à terre, les mains posées sur ses genoux, paume vers le ciel. Les rayons du soleil continuaient à le baigner de lumière. Ses cheveux étaient d'un blond d'or sous cet éclairage. Le souvenir de ma vision d'Émilie me revint en mémoire. En ce jour de Noël, il était le second ange que je voyais, si beau, si mystérieux.

— Charlotte appelle Bibi.

— Oui ?

— Sacré toi.

— Quoi ? J'ai bien le droit de me faire plaisir. On ne dirait pas un ange ?

Elle se tourna, et acquiesça.

— T'en as bien de la chance.

— De la chance ? Dis ça à sa copine.

— Samedi soir je n'ai pas eu l'impression qu'il pensait à elle.

— Sans doute.

Cette femme s'était assise à côté de Simon, et lui murmurait quelque chose à l'oreille.

— Ok, il est tant qu'on y a aille.

— Pas encore, la suite arrive.

— Comment ça la suite ? Qu'est-ce que t'as encore prévu ?

Les tapis enroulés et rangés dans les bacs en bois devant la porte de la salle, nous rejoignîmes les pratiquants dans la grande salle d'accueil. Quelqu'un avait joliment disposé des théières en verre, du thé et des tisanes y infusant. Sur des plateaux reposaient des gâteaux décorés de fleurs fraîches.

— Tadam ! fit Charlotte accompagnée d'un pas de danse.

— Super, j'ai enfin le droit de manger quelque chose. Je meurs de faim.

Je me précipitai vers la table des festivités, le ventre débutant son chant d'agonie. Un gâteau dans la bouche, et les mains sur le point de me servir une tasse de thé vert, Simon apparut dans la salle. Les gens s'amassaient autour de lui pour échanger sur ce qu'ils venaient de vivre et lui poser des questions.

J'aurais bien aimé le kidnapper, mais sa superbe accompagnatrice émergea à son tour, lui caressant le dos tout en se positionnant à sa gauche. Je lui arracherai bien son bras, à celle-là.

— Tu devrais gouter ce rooibos, il est trop bon.

Charlotte me tendait la théière de verre. Un thé rose légèrement teintée de rouge tournoyait dans cette eau cristalline. Il sentait bon, et aurait accompagné à merveille ma prochaine bouchée. Bouchée que j'eus à peine le temps d'enfourner.

— Barbara.

Je me tournai et Simon était là, juste devant moi.

— Tu veux bien venir avec moi ?

J'acquiesçai d'un mouvement de la tête, ma bouche étant pleine à craquer. Je le suivis dans l'une des pièces du fond, la bouche presque vidée et ma tasse à la main. Trop bon ce gâteau, la faiseuse de ce miracle devra me donner la recette. Je jetai un petit coup d'œil pour apercevoir Charlotte qui avait un sourire jusqu'aux oreilles. Qu'avait-elle encore mijoté dans mon dos ?

Il m'amena jusqu'à une véranda au milieu de laquelle se trouvait une table blanche en fer forgé. Deux chaises assorties l'accompagnaient. Des fleurs embaumaient la pièce d'une senteur délicate et sucrée. Sur cette table, deux parts de millefeuille.

— Je me suis dit que tu aurais faim après cette séance.

— Tu savais que j'allais venir ?

— Je l'ai demandé à ton amie Charlotte. Ses parents viennent toutes les semaines ici depuis que nous avons ouvert ce centre.

Elle était donc au courant et me l'avait caché.

— Et ta petite amie, ça ne la dérange pas que tu aies préparé cette surprise pour moi ?

— Ce n'est pas ma petite amie.

Cette femme n'était donc pas sa petite amie, alors que faisait-elle là ? Mon estomac continuant à crier famine, mon regard se porta sur le millefeuille qui ne demandait qu'à être englouti.

— Maintenant qu'ils sont là, je veux bien en manger un.

Il posa mon verre, et me servit une part. J'enlevai la couche de sucre qui le recouvrait – il y en a toujours trop sur les millefeuilles – et débutai la difficile dégustation du gâteau. Les fines couches de pâtes se découpaient sous mes dents, l'onctueuse crème pâtissière ravivait mon palais. Une extase gustative. Simon en faisait de même. Le plaisir se lisait sur son visage, me donnant juste envie de lui sauter dessus et de le déguster à son tour.

L'estomac rassasié, la gorge hydratée, je le vis se lécher le bout des doigts. Il déclencha en moi une envie soudaine. Je m'approchai de lui, il plongea son regard en moi. J'attrapai sa main et mis un doigt en bouche. Le sucre du millefeuille rendait cela d'autant plus appétissant. Son bras gauche glissa sur mon dos, ses longs doigts maintenaient une pression agréable sur le haut de mes fesses, et il m'attira à lui. Lorsque je relâchai son doigt, ses lèvres s'approprièrent les miennes. Il savourait à son tour ma langue aromatisée au millefeuille. Ses mains glissèrent de mes omoplates vers mes fesses, et du bas de mes fesses vers le haut de mes lombaires. Je sentais l'excitation monter en moi. Sa bouche se détacha de la mienne. Il embrassa la commissure de ma bouche, et tout en déposant des baisers, il se dirigea vers mon cou. Mes mains lui caressaient le torse au travers de sa chemise blanche, et commençaient à la déboutonner. Bouton après bouton, mes doigts caressaient sa peau douce et glissaient sur les muscles de ses abdominaux qui me rendaient folle. Le dernier bouton finit par s'ouvrir, mes mains remontèrent le long de son ventre, de ses pectoraux. Mon visage s'approcha de son cou, et je l'embrassai avec passion. Je sentais ses mains me serrer encore plus fort contre lui. Et alors que ma bouche descendait vers le bas de son cou, il s'interrompit.

— Barbara.

— Oui ?

Ma bouche n'avait pas quitté le contact avec sa peau.

— Attends.

Alors que je le voyais encore tout excité

par ma présence, il recula légèrement. Mon regard remonta vers le sien.

— Avant qu'on aille plus loin, j'ai besoin de te parler.

Merde, j'avais oublié l'autre fille. Est-ce qu'il y avait quand même quelque chose avec elle ?

— Tu es en couple avec la fille qui te suit partout ? Tu peux me le dire.

— Sandy ? Non. Je l'ai rencontré en Inde lors d'une initiation.

Soulagement total. Loïc avait raison.

— Alors pourquoi je la vois partout ?

— Grâce à elle, j'ai pu ouvrir ce centre, c'est ma partenaire d'affaires et une amie…

Ses yeux persans me dévoraient.

— Je t'aime Barbara.

Il m'embrassa fougueusement, nos deux corps à nouveau enlacés.

Quelqu'un vint toquer à la porte de la véranda. Sandy. Simon recula et elle entrouvrit la porte vitrée.

— Je suis désolée de vous déranger, mais tout le monde t'attend Simon, dit-elle avec un accent anglais très prononcé.

— J'arrive.

Simon reboutonna sa chemise.

— Je suis désolé, je dois y retourner.

— Je comprends.

J'ajustai ma tenue, rattrapai ma queue de cheval qui ne ressemblait plus à rien et l'accompagnai jusqu'à la salle.

Charlotte me retrouva devant la table des thés.

— Alors… ? Vous vous êtes rabibochés ?

— Je crois bien.

— J'en étais sûre. Mes cartes me l'avaient prédit.

— Oui oui.

— Tu devrais rester avec lui, je vais rentrer avec mes parents.

— Tu ne peux pas me laisser là.

— Mais si. Profite de passer du temps avec lui. Vous avez plein de choses à vous dire.

Un sourire, un clin d'œil, et elle me planta là, chantonnant tout en partant, balançant sa jupe de droite à gauche comme le ferait une gamine. Sacrée Charlotte, ma petite sorcière bien-aimée.

La grange vidée de ses élèves. Sandy avait disparu quelque part dans le centre.

Simon était tout à moi. Il referma la grande porte de l'entrée et s'approcha avec sa grâce et son charme indéfinissable.

— Est-ce que tu veux rester avec moi ? me proposa-t-il.

— Tu ne fêtes pas Noël avec tes parents ou chez les parents de ton cousin ?

— Mes parents habitent dans le Sud, et mon cousin est déjà assez occupé. J'ai prévu de le fêter ici. Sandy se prépare à partir, elle prend l'avion pour rentrer chez elle et le fêter avec sa famille.

Il regarda la montre placée sur le mur, juste au-dessus des plateaux qui contenaient les desserts.

— Attends-moi, je reviens.

Il passa une porte à gauche et me laissa quelques minutes seule dans cette grande pièce. Les murs étaient composés de pierres en grès rose des Vosges. Les colombages étaient en bois massif et certainement d'époque au vu des gravures. Je fis le tour, et m'arrêtai devant la porte vitrée qui donnait accès au jardin.

Il était donc originaire du sud. Était-ce là-bas qu'il avait vécu cette histoire dont il n'osait me parler ?

Le bruit de ses pas m'indiqua qu'il revenait.

— Je suis juste allé donner son cadeau à Sandy, histoire qu'elle puisse le mettre dans sa valise.

Il s'approcha de moi.

— Est-ce que ça va ? Tu m'as l'air songeuse.

— Tout va bien, j'étais juste dans mes pensées…

Il prit ma main qu'il embrassa.

— Viens fêter Noël avec moi et mes parents. Ma mère a déjà tout prévu, et elle en fait toujours de trop.

— J'adorerais, dit-il en me prenant dans ses bras.

Il m'embrassa fougueusement. Ses lèvres enveloppèrent les miennes, puis il se retira.

— Je dois te dire quelque chose… mais je ne sais pas comment.

— C'est pas toi qui me disais qu'il fallait se lancer et oser sortir de sa zone de confort ?

— Je sais, mais ce n'est pas toujours évident.

— Je le sais bien. Mais tu n'as pas à

avoir peur de me parler. Moi aussi je t'aime, et ça, je le sais depuis l'instant où j'ai posé mes yeux sur toi.

Il me serra fort contre lui, ma tête posée contre son torse dont le cœur pulsait si rapidement.

— Lorsque j'habitais dans le Sud, j'avais une petite amie. On est sortis ensemble pendant trois ans. Un après-midi, j'étais rentré plus tôt du travail parce que j'avais oublié mon sac pour aller à la salle de sport. Elle était au lit avec un copain de sa fac… J'en ai beaucoup souffert. C'est comme ça que j'ai commencé mes voyages, j'ai découvert le yoga et tout le reste.

Il posa un baiser sur mon front. Des notes de musc émanait de son cou. Sa voix se fit plus douce.

— L'été dernier, elle m'a appelé en pleurs et voulait que je retourne vivre avec elle. J'ai refusé. Pendant des mois elle n'a pas arrêté de me solliciter me menaçant qu'elle allait se suicider.

Sa respiration était saccadée. Sa poitrine avait du mal à se libérer, lui provoquant de petits sursauts.

— Tu aurais pu me le dire.

— J'avais honte de moi, j'étais ce mec qui refuse d'aider son ex… Et si elle s'était suicidée ? Je n'aurais jamais pu me le pardonner.

— Elle ne l'a pas fait ?

— Non, mais c'était comme si je vivais avec une épée de Damoclès au-dessus de ma tête. À chaque appel, j'angoissais.

— Je comprends, mais tu n'as aucun contrôle sur ses actes. Et tu n'allais pas t'obliger à vivre avec elle après ce qu'elle t'a fait.

— Je sais, c'est pour ça que j'avais vraiment besoin de me couper de tout. De faire le vide et de partir. À l'instant où je t'ai vue j'ai su que tu me plaisais, et cela n'a fait que se confirmer à chaque rendez-vous. Mais j'avais peur et j'étais dans un tel flou émotionnel, que je ne savais plus quoi faire. Je suis tellement désolé de t'avoir fait du mal.

Je relevai son menton de ma main, et l'embrassai chaudement.

— Ne pensons plus à cela, c'est du passé. Maintenant on est ici tous les deux, et je t'aime.

— Je t'aime tellement Barbara.

Simon et moi échangeâmes un regard, puis éclatâmes de rire.

— Joyeux Noël, mon amour.

Entendre ces mots sortir de sa bouche me fit vibrer de bonheur.

— Il ne pourrait pas être plus parfait, mon amour.

FIN

Merci beaucoup d'avoir lu

Le Noël où j'ai appris à m'aimer.

J'espère que vous avez aimé

les aventures de Barbara et Simon.

Si vous le souhaitez,

vous pouvez maintenant découvrir

le prochain tome de la série

Amour, introspection et découverte de Soi.

Le tome 2 vous raconte l'histoire

d'Ambre et de Yann, dans le roman

L'amour ne meurt jamais !

« Après une rupture rocambolesque, Ambre souhaite réaliser son rêve : transformer un petit chalet en maison résiliente et vivre en autonomie. À peine a-t-elle posé ses valises qu'elle va faire la connaissance de sa voisine, quelque peu intrusive, Barbara.

Alors qu'elle souhaitait jouir enfin de sa liberté. Elle va revoir son amour de jeunesse. Elle l'aimait au collège, elle ne l'a jamais oublié, mais lui ne savait même pas qu'elle existait. Tous les deux ont connu une vie de couple difficile avant, et craignent d'aimer à nouveau.

Oseront-ils retenter l'amour ? »

OUTILS

Retrouvez certains exercices proposés dans ce roman sur mon site, une nouvelle racontant l'histoire de Caroline, et bien d'autres surprises :

https://www.bynjeditions.com/activites-romance-noel

CONTACT

contact@bynjeditions.com

Inscrivez-vous à la newsletter pour connaître mes nouvelles parutions, recevoir des infos exclusives et histoires shorts :
www.bynjeditions.com

Retrouvez-moi sur Facebook :
facebook.fr/nadinejockers.autrice

Rejoignez le groupe de lecture, discutez avec moi et participez à l'écriture de mes livres sur Discord :
https://discord.gg/7fAynbBq

Suivez-moi sur Instagram :
instagram.com/nadinejockers.autrice

UN MOT DE L'AUTRICE

Autrice depuis 2012 avec mon livre jeunesse *Emma*, j'ai écrit une dizaine de guides pratiques dans le mieux-être et le minimalisme. Cette envie d'écrire des guides me vient de mes années en tant que thérapeute et professeur en yin yoga & yoga sans dégâts de Gasquet. Créatrice du centre de bien-être tel que nommé dans ce livre, j'y avais mon cabinet de Réflexologue Iridologue Phytoaromathérapeute. Passionnée par le fait de prendre soin de soi naturellement, j'ai suivi bien des formations dans le bien-être et j'étais également certifiée en naturopathie, sophrologie. J'ai également continué à me former en shiatsu thérapeutique, divers massages relaxants du monde, médecine chinoise, *breathwork*, essence du souffle, *transformational breath*, etc. Au sein du centre, une grande salle proposait des techniques variées selon les intervenants : ayurvéda, yoga kundalini, pilates, qi gong, méditation, bouddhisme, etc. et j'y proposais des ateliers en cuisine ayurvédique et méditation.

Tout cela pour vous expliquer pourquoi mes romances gardent un lien avec les techniques que j'ai apprises, et pourquoi je vous propose toujours des outils - vidéos ou audios - avec chacun de mes livres.

Un QR code est à votre disposition à la fin de chacun de mes ouvrages.

REMERCIEMENTS

Le Noël où j'ai appris à m'aimer est ma première romance de Noël. N'ayant jamais terminé l'écriture d'un roman, je me suis lancée un défi fou en ce mois de septembre 2023 : écrire le premier jet d'une novella en dix jours.

Terminer un roman n'est pas un processus facile. Comme bon nombre d'autrices, je suis passée par de grands moments de doute. Je me suis lancé un gros challenge, et je suis sortie de ma zone de confort pour oser écrire cette histoire. J'ai à présent le bonheur de pouvoir remercier du fond du cœur chaque lectrice et lecteur. Vous avez été nombreux à me suivre sur les réseaux sociaux et à m'aider dans mes décisions pour élaborer cet ouvrage. Merci pour votre enthousiasme. Les mots ne seront jamais assez forts pour vous dire à quel point je suis reconnaissante.

Merci à l'homme qui partage ma vie, et qui a dû me supporter pendant ce défi d'écriture.

Merci à tous les chroniqueurs et chroniqueuses. Que vous appréciiez ou non mes romans, je sais que vous passez un temps fou à nous lire et à rédiger vos chroniques.

J'apprécie énormément tous les échanges avec celles et ceux qui prennent le temps de lire mes récits. N'hésitez pas à venir discuter avec moi sur les réseaux.

Et à aller découvrir mes fiches de travail sur ma page Pinterest sous BYNJ EDITIONS.

DE LA MEME AUTRICE

Série Amour, introspection et découverte de Soi

Le Noël où j'ai appris à m'aimer

L'année où j'ai appris à m'aimer (nouvelle)

Série jeunesse Emma

Emma à la découverte du monde de Joya

Emma à la découverte du monde de Seiren

Guides mieux-être

Minimalisme sacré et zéro déchet

Initiation au massage relaxant aux pierres chaudes

Réflexologie plantaire et zones réflexes

Sous le nom de plume NB. Jockers

De peur et de sang

Edité par BYNJ EDITIONS

Texte : Nadine Jockers

Conception & Mise en page : Nadine Jockers

Correction : Bérénice Letourneur

Editrice : Christelle Lebailly

Dépôt légal 1re publication : 30 octobre 2023

Printed in France by Amazon
Brétigny-sur-Orge, FR

16616678R00146